Wladimir Kaminer

Onkel Wanja kommt

Eine Reise durch die Nacht

GOLDMANN

Dieses Buch ist auch als E-Book erhältlich.

MIX
Papier aus verantwortungsvollen Quellen
FSC® C014496

Verlagsgruppe Random House FSC® N001967
Das FSC®-zertifizierte Papier *Holmen Book Cream* für dieses Buch
liefert Holmen Paper, Hallstavik, Schweden.

1. Auflage
Taschenbuchausgabe Juni 2014

Umschlaggestaltung: UNO Werbeagentur, München,
unter Verwendung der Gestaltung und Konzeption
von R•M•E, Roland Eschlbeck/Ruth Botzenhardt
Coverfoto des Autors: © Boris Breuer
AB · Herstellung: Str.
Druck und Bindung: GGP Media GmbH, Pößneck
Printed in Germany
ISBN 978-3-442-47364-9
www.goldmann-verlag.de

Besuchen Sie den Goldmann Verlag im Netz

Das Philosophenschiff

Jedes Mal, wenn ich nach Russland fahre, schaue ich mir die alten Schwarzweißfotos meines Onkels an. Wir spielen dabei stets das gleiche Spiel: Finde den Onkel auf dem Bild. Ich vergleiche die Fotos mit meinen Eindrücken draußen und versuche, anhand dieser Zeitdokumente festzustellen, wie stark bzw. wenig das Land sich verändert hat. Denn auf kurze Sicht ist die Wahrheit nicht zu erkennen, daher sind auch Zeitungen und Fernsehberichte keine große Hilfe. Manche meinen, das Land stehe am Anfang einer neuen Ära, die anderen behaupten, umgekehrt, es sei dem Untergang geweiht. Mit einem Blick aus dem Fenster ist jedoch ein Aufgang nicht von einem Untergang zu unterscheiden. Ähnlich ist es, wenn man auf die Sonne am Himmel schaut. Auch bei ihr ist nicht gleich klar, ob sie auf dem Weg nach unten oder nach oben ist. Die meiste Zeit hängt die Sonne einfach herum und strahlt. Irgendwann ist sie weg, und niemand wundert sich.

Ebenfalls in Russland haben sich Gut und Böse verschmolzen, sozialistische Angeberei und kapitalistische Schläue. Bei vielen neuen Entwicklungen schmeißen die Russen beides in einen Topf, um »nicht zweimal vom Sofa aufzustehen«. Während in Deutschland zum Beispiel die Nachrichtenprogramme im Fernsehen durch Werbepausen unterbrochen werden und die Zuschauer in dieser Zeit mit geübter Hand den Ton ausmachen können, ohne eine wichtige Nachricht zu verpassen, sprechen die russischen Nachrichtensprecher im Fernsehen die Werbung gleich mit. »Ja«, sagen sie, »die Lage in der Krisenregion spitzt sich weiter zu, der nächste Finanzcrash steht vor der Tür, die Wirtschaft ist aufgebracht, der Weltsicherheitsrat kann keine Stabilität mehr garantieren. In solchen Zeiten muss man seine Aufmerksamkeit besonders auf seine Verdauung richten. Mit der Zauberformel von Actimel werden Sie Ihre Verdauung unabhängig machen von den Entscheidungen des Weltsicherheitsrates.«

Oft und gern wird in den Nachrichtenprogrammen Werbung für Kopfschmerztabletten, für Schmerzmittel überhaupt, gemacht. Vielleicht denken die Nachrichtenmacher, die Medizin werde den Weltschmerz mindern, den ihre Nachrichten hervorrufen. Die politische Ideologie der Vergangenheit wird im heutigen Russland zum großen Teil durch die Religion ersetzt, so bekommt man oft in den Nachrichten von Adepten der Kirche zu hören, der wahre Grund jedes Unglücks sei der Unglaube, und alle Gnade komme von Gott. Die Tabletten muss man dennoch essen, aus Demut wahrscheinlich.

Mein Onkel sagt aber, die Tabletten helfen nicht. Wenn er sich nicht wohlfühlt, holt er seine alten Fotos aus dem Schrank. In seiner Generation war und ist das Aufbewahren und Anschauen dieser alten Bilder sehr verbreitet. Beinahe jeder aus seinem Jahrgang hat, glaube ich, mindestens 44 vergilbte Fotos in irgendeiner Schublade. Die Ironie des Fortschritts besteht heute darin, dass zwar jeder mit seinem Handy tausende von Fotos in bester Qualität machen kann, aber dann nichts mit ihnen anzufangen weiß. Die Schnappschüsse werden entweder gleich gelöscht oder im Jenseits des Internets abgeladen und vergessen. Die Schwarzweißfotos früherer Generationen haben dagegen ihre Wichtigkeit im Lauf des Lebens noch gesteigert. Sie sollen als Beweis dafür dienen, dass es einen tatsächlich gegeben hat, dass die Zeit läuft, die Uhrzeiger sich auch hinter unserem Rücken drehen und die Uhren für keine Sekunde aufhören zu ticken – nicht einmal nachts. Die Fotografien meines Onkels lassen einen allerdings daran zweifeln, dass es ihn jemals gegeben hat, denn auf keinem einzigen ist er richtig zu sehen. Zum Beispiel hier das Foto seiner Schulklasse, ein Gruppenfoto erster Güte. Die Jungs stehen, glatt gekämmt und ernst in die Kamera blickend, in den oberen Reihen, unten stehen die Mädchen, festlich gekleidet mit akkuraten Zöpfen, ganz unten die Lehrer und der Direktor. Nur der Onkel ist nirgends zu finden.

»Die Jungs haben mich hier in der Mitte versteckt«, erklärte er mir seine Abwesenheit. »Alle wussten vom Besuch des Fotografen und haben sich dementsprechend hübsch gemacht, nur ich hatte es vergessen. Ich kam in einem alten T-Shirt und mit schmutziger Hose in die Schule. ›Versteck dich, du Hund!‹, schrie mich der Direktor an, ›ich möchte auf meine alten Jahre deine dreckige Visage nicht in meinen Erinnerungen haben!‹ So habe ich mir ein Versteck zwischen den Jungs gesucht. Doch wenn man genau hinguckt, kann man mein linkes Ohr in der Mitte der Jungsreihe sehen.«

Auf einem anderen Foto dient der Onkel in der Armee. Es ist Winter, seine Einheit soll zum Fahneneid antreten, die Soldaten marschieren über den Platz. Man sieht viel Schnee, finster blickende Offiziere, verängstigte Soldaten, die sich anstrengen und die Beine unnatürlich hoch heben, als wären sie beim Ballett. Der Onkel ist nirgends zu sehen.

»Wir standen in einer Dreierreihe und der Fotograf auf der rechten Seite. Rechts vor mir aber schwang der Tatar sein Bein so hoch, das es mich völlig verdeckte. Ich war damals noch dünn und verschwand völlig hinter seinem Bein.«

Auf dem dritten Foto heiratet mein Onkel. Man sieht seine zukünftige Ehefrau in einem pompösen Brautkleid, wie sie ihre Unterschrift ins Buch der Eheschließungen setzt, neben ihr stehen die Zeugen mit großen Blumensträußen. Mein Onkel ist wie gewöhnlich unsichtbar, hinter dem Brautkleid und den Blumen versteckt. Später besuchte der erste Präsident der russischen Föderation, Boris Jelzin, seinen Betrieb, als er noch in Odessa in der Ukraine gearbeitet hat. Zu diesem besonderen Anlass wurde das ganze Kollektiv versammelt. Alle wollten sich mit dem Präsidenten zusammen fotografieren lassen. Auch mein Onkel. Dieses Foto ist das größte und das einzige Farbfoto in seiner Sammlung. In der Mitte steht der Präsident. Neben ihm der Betriebsdirektor, dessen Stellvertreter und der Hauptingenieur, sie haben den Onkel immer weiter vom Präsidenten weggedrängt. Am Rand des Bildes ist gerade noch eine Schulter zu sehen.

»Das ist zum Beispiel meine Schulter«, sagte mein Onkel. »Der Präsident hat mir sogar auf diese Schulter geklopft. Genau die hier. Ich bin mir absolut sicher, dass es meine ist. Ich werde doch meine Schulter von tausend anderen Schultern unterscheiden können«, versicherte mir mein Onkel, als ich vorsichtig meinen Unglauben äußerte.

Es gibt noch andere tolle Bilder in seiner Sammlung. Auf einem Foto ist er mit Freunden beim Angeln. Seine Freunde halten den Fang hoch, mein Onkel verschwindet völlig hinter dem sehr großen Fisch. Auf einem anderen ist er bei der Besteigung eines Berges in den Karpaten hinter seinem Riesenrucksack versteckt.

Die meisten Menschen auf den Fotos sind bereits tot, vor allem diejenigen, die sich gerne in den Vordergrund drängten, meinte mein Onkel. Sie waren als Erste dran gewesen. Nicht umsonst, sagen die Chinesen, wird nur der Vogel, der vorne fliegt, abgeschossen. Nach der Theorie meines Onkels schaut auch der Tod sich gerne alte Fotos an und holt diejenigen ab, die ihm am besten gefallen. Mein Onkel wird also möglicherweise ewig leben, solange er auf seinen Fotos unsichtbar bleibt. Ich bin auf jeden Fall immer davon ausgegangen, dass er unsterblich ist.

Wir hatten uns lange nicht gesehen, als er sich plötzlich bei mir meldete. »*Meine Tage sind gezählt*«, schrieb mir mein Onkel in einem zweiseitigen Brief in der perfekten Schrift eines Sechstklässlers. »*Ich habe Schmerzen. Ich habe Rücken- und Nasenschmerzen, Bein- und Kopfschmerzen, ich habe nichts außer Schmerzen und eine Erinnerung daran, wie schön wir mit Dir damals 1981 auf dem Balkon in Odessa saßen und aufs Meer schauten. Ich möchte Dich gerne besuchen und von deinem Balkon schauen, egal wohin.*«

Wir hatten uns damals in Odessa zufällig getroffen, mein Onkel galt in der Familie als schwarzes Schaf und wurde vor mir und den anderen Verwandten verschwiegen, versteckt. Sie hatten Angst, der Lebenswandel meines Onkels, der durch das Land hin und her pendelte, mal nach Osten und mal nach Westen, der ohne eine vernünftige Arbeit und nie auf Dauer mit ein und derselben Person verheiratet war, könnte meine junge Seele negativ beeinflussen. Einmal, ich besuchte meine Oma in Odessa, klopfte mein Onkel dort unangekündigt an und lud mich in seine damals noch neue Wohnung ein. Mich, einen vierzehnjährigen Jungen, freute seine Einladung sehr. Wir verbrachten einen ganzen Tag zusammen, und ich habe bei dieser Gelegenheit zum ersten Mal guten alten Portwein probiert.

Mein Onkel erzählte mir unter anderem von seiner

Reisetheorie: Er teilte alle Länder der Welt in zwei Kategorien ein – die der tomatenförmigen und die der gurkenförmigen. In den tomatenförmigen, meinte er, habe es nur Sinn, im Kreis zu reisen, von Norden nach Süden und zurück. In den gurkenförmigen müsse man dagegen parallel zum Äquator von West nach Ost reisen und die großen Städte dort meiden. Unsere Sowjetunion war ein gurkenähnliches Land, der Onkel reiste daher stets parallel zum Äquator. Nach seiner Theorie hatte die Form eines Landes auch Einfluss auf die Charaktereigenschaften seiner Bewohner. Danach kennen die Bewohner eines tomatenähnlichen Landes keinerlei innere Zerrissenheit, sie präsentieren sich als konsequent und haben immer eine Meinung, egal was passiert. Ein Mensch in einem tomatenähnlichen Land wird mit einem Maß für alles gemessen, er kann beispielsweise nicht ein schlechter Liebhaber, aber ein guter Politiker sein. Einmal gut, immer gut, sonst muss er gehen. Ein tief denkender Philosoph darf nicht gleichzeitig ein enthusiastischer Trinker sein, ein begabter Dichter niemals ein Geschäftsmann. In einem gurkenähnlichen Land dagegen sind die Menschen von Natur aus zwiespältig und unvorhersehbar. Sie können ihren Nächsten gleichzeitig retten und ihn treten, sein Haus anzünden und ins Feuer rennen, einen Untergehenden ans Ufer zerren und ihn, wenn er zu sich kommt, wieder ins Wasser schmeißen. In tomatenähnlichen Ländern sind die Bürger ordnungsliebend, in gurkenähnlichen ist es dafür selten langweilig.

Mein Onkel hatte alle Eigenschaften der Bewohner eines gurkenähnlichen Landes – er konnte sich sein Leben lang nicht festlegen. Er hat immer getauscht, was ihm in die Finger kam, wahrscheinlich vom Gefühl getrieben, etwas sehr Wichtiges verpasst, übersehen zu haben. Als Kind tauschte er Briefmarken mit chinesischen Sportlern gegen Briefmarken mit Vögeln, Bücher gegen andere Bücher, eine Sportart gegen eine andere. Später als Erwachsener tauschte er einen Job gegen einen anderen Job und eine Frau gegen eine andere Frau.

In der Sowjetunion war Tauschen Volkssport. Alles wurde gegen alles getauscht, Katzen gegen Mäntel, Platten gegen Drogen, Brillen gegen Fotoapparate, Gitarre gegen Pferd. Diese Angewohnheit, Hans im Glück zu spielen, kommt, denke ich, daher, dass es im Sozialismus zu wenig Möglichkeiten zum Geschäftemachen gab. Spekulieren war verboten, tauschen aber erlaubt. Und alle haben getauscht wie verrückt. Das wichtigste Tauschobjekt in der Sowjetunion war die Wohnfläche. Die meisten bekamen ihre Wohnung vom Staat, man konnte sie weder vermieten noch verkaufen, aber man konnte sie tauschen ohne Ende. Das Land war lang, groß und relativ dicht bebaut, alle Wohnungen waren mehr oder weniger gleich geschnitten, und die Sowjetbürger waren äußerst reiselustig. Sie annoncierten schon beim Einzug ihre Bereitschaft für den nächsten Aufbruch.

An einem richtig fetten Wohnungstausch waren normalerweise bis zu sieben oder sogar acht Haushalte beteiligt. Die einen wollten eine Zweiraumwohnung gegen eine Wohnung mit Balkon tauschen, die anderen suchten gerade so eine Zweiraumwohnung, hatten allerdings nur Zimmer ohne Balkon, dafür aber im dritten Stock. Also suchten sie jemanden mit Balkon, der in den dritten Stock wollte. Und der wollte seinerseits ein Küchenfenster zur Südseite, also suchten sie alle zusammen jemanden mit einem solchen Fenster. Und so zog sich der Tausch immer weiter hin, bis alle Interessen vertreten waren. Dann versammelten sich die Betreffenden in einem Restaurant, feierten den Neuanfang, und ein paar Monate später fingen die meisten bereits wieder an, einen neuen Ringtausch ins Auge zu fassen. Es war wie eine Sucht. Anfangs wollten die meisten durch diese Tauschgeschäfte bloß ihre Wohnverhältnisse verbessern, danach konnten sie sich aber nicht mehr bremsen. Aus Abenteuerlust oder Trägheit tauschten sie immer weiter, mal mit Gewinn, mal mit Verlust.

Mein Onkel tauschte dreißig Jahre lang wie ein Wahnsinniger. In Moskau hatte er beispielsweise angeblich ein hübsches Zimmer in einer Wohnung, in der noch weitere sechs Familien lebten, und jeder ging mit seinem eigenem Klodeckel in die Toilette. Das ärgerte meinen Onkel, also fuhr er nach Grodno. Ein altes russisches Sprichwort besagt, dass 3000 Kilometer für einen zähen Hund kein Umweg sind. In Grodno hatte er keine Nachbarn, aber die Stadt gefiel ihm nicht. Er wollte aufs Land, bessere Luft, ein freies Feld. Also tauschte er kurzerhand seine Wohnung in Grodno gegen ein halbes Haus in Krasnodar, ohne sich den neuen Ort vorher angesehen zu haben. Das halbe Haus erwies sich als Gartenhäuschen, das mitten in einem Kartoffelfeld stand. In der anderen Hälfte des Hauses lagerte Dünger, es roch nicht sonderlich gut, und mein Onkel tauschte leichten Herzens seine Haushälfte gegen ein Zimmer in Odessa. In Odessa selbst tauschte er dann auch noch einmal und wohnte dadurch auf einmal wie ein König, direkt am Meer. Zwei Jahre später tauschte er sich jedoch aus Odessa mit Zuzahlung nach Moskau zurück und fand sich schließlich in dem gleichen Zimmer und sogar mit ähnlichen Nachbarn wieder wie zu Anfang, nur diesmal an einem anderen Ende der Stadt. Danach hat er aus gesundheitlichen Gründen nicht mehr getauscht, aber immer mit Begeisterung von seinen Umzügen erzählt. »Natürlich hat es sich gelohnt!«, warf er sich in die Brust. Er habe so viele Orte gesehen, interessante Menschen kennengelernt, Frauen, Freunde fürs Leben. Nein, er würde auch im Nachhinein alles genau so noch einmal machen, er würde sein Schicksal mit niemandem tauschen wollen, aber sein Zimmer – sehr gern.

Ich habe ihn damals in Odessa besucht, in seiner schönen Wohnung. Er hatte einen Job als Buchhalter am Hafen gefunden und zufällig eine nette Dame aus der Wohnungsbaugenossenschaft »Der Seemann der Schwarzmeerflotte« kennengelernt. Sie hatte ihm geholfen, eine Einzimmerwohnung mit Blick aufs Meer zu bekommen. Aus dem Fenster konnte man bei gutem

Wetter das Ein- und Auslaufen der Schiffe beobachten. Die meisten bewegten sich nicht, andere schwammen langsam von links nach rechts und zurück am Fenster meines Onkels vorbei.

Ich saß damals auf seinem Balkon und beobachtete das Meer. Man sah nichts außer diesen faulen Schiffen, die beinahe im Wasser schliefen. Manche von ihnen zeichnete ich in einem Block ab, trotzdem konnte ich in ihren Manövern keinen Plan entdecken. Aus meiner Sicht schwammen sie völlig sinnlos im Meer umher, als könnten sie sich nicht entscheiden, wohin. In meiner Phantasie stellte ich mir immer wieder vor, das Haus meines Onkels wäre in Wirklichkeit ein solches Schiff und würde langsam von Odessa Richtung Amerika driften. Die Grenzen auf See stellt man sich sowieso irgendwie menschenfreundlicher vor als die auf dem Festland. Keine Soldaten mit Maschinengewehren, kein Stacheldraht, keine Wachhunde. Nur die Möwen würden uns über die Grenze begleiten.

In Moskau und später in Berlin vermisste ich das Meer und die Schiffe sehr. In unserer jetzigen Wohngegend, auf der Schönhauser Allee, erinnert nur »Der Fischladen« an das maritime Leben: ein kleiner Verkaufstresen mit eingebautem Fischrestaurant. Der Laden gehört Thomas, einem Österreicher, der sehr gute Fish and Chips anbietet. Thomas erzählte uns, er sei früher Schiffsbauer gewesen und würde sich deswegen für Schiffe, Meere und Fische interessieren. Er habe außerdem vor, seinen nächsten Urlaub in der Karibik auf dem größten jemals gebauten Schiff zu verbringen. Das Schiff hätte bis zu 5000 Passagiere an Bord, 100 Restaurants, mehrere Schwimmbäder, ein Filmtheater, Golfplätze und sogar eine Gokartbahn. Das werde sein luxuriösester Urlaub, er habe eine Flatrate-Reise gebucht, behauptete er.

Mit Flatrate auf einem Schiff – das heißt, er kommt nie mehr wieder, dachte ich. »Das wird eine endlose Reise, schade um den Fischladen«, sagte ich. So sei es nicht, er käme schon zurück, erwiderte Thomas. Sobald er alle hundert Restaurants besucht, alle Filme gesehen und genug Golf gespielt habe, alle Damen und Herren und Wellen in der Karibik mit Namen und Nachnamen kennengelernt habe, komme er zurück nach Berlin, um hier weiter Fish and Chips zu verkaufen. Überdies gelte die Flatrate nur für maximal zwei Wochen, das heißt, er dürfe sich nur vierzehn Tage auf dem Schiff amüsieren, danach sei er verpflichtet, es zu verlassen. Auf die Frage, wohin sein Schiff denn überhaupt fahre, wusste Thomas keine Antwort.

Das Schiff ist inzwischen wohl das einzige Transportmittel, mit dem keine schnelle Reise zu machen ist, das überhaupt auf kein konkretes Reiseziel angewiesen ist. Es ist vielmehr eine Art, sich von der restlichen Welt abzuschotten. Man schaukelt irgendwo auf den Wellen, während die anderen ackern. Früher wurden Menschen und Tiere auf Schiffe getrieben. Es sei nur an die Arche Noah erinnert, das erste Schiff dieser Art, das sich ohne Ziel auf dem Wasser bewegte und sich dann auf die Suche nach festem Land machte. Und sogenannte Idiotenschiffe brachten regelmäßig und mehr oder weniger unfreiwillig europäische Auswanderer nach Amerika, damit sie ihren einstigen Nachbarn mit ihrem Traum vom schnellen Geld nicht endlos auf den Sack gingen.

In meiner gurkenähnlichen Heimat trug das berühmteste Schiff dieser Art den Titel »Philosophenschiff« und hieß *Oberbürgermeister Haken*. 1922 beschloss die junge sowjetische Regierung, sich vom überflüssigen Ballast der russischen Philosophie zu befreien. Die junge sozialistische Republik nannte sich zwar das Land der Räte, sie brauchte aber nur wohlmeinende, positive Ratschläge zur Verbesserung der ökonomischen Situation des Landes und keine philosophischen Zweifel. Mit Zweiflern und Nachdenkern konnte man keine neue Weltordnung aufbauen. Deswegen beschlossen Lenin und Trotzki, all jene russischen Denker des Landes zu verweisen, die sich von einer aktiven Zusammenarbeit mit der Sowjetmacht distanzierten, weil sie Zweifel an der Entwicklung der Revolution hegten, jedoch ansonsten keiner feindlichen Tätigkeit gegen die neuen Machthaber nachgingen. Der Genosse Trotzki brachte dies auf den Punkt: »Menschen, bei denen es keinen Grund gibt, sie zu erschießen oder sie zu dulden, müssen weggebracht werden.« In einer schnellen Aktion wurden 117 russische Philosophen auf das deutsche Schiff *Oberbürgermeister Haken* verladen und in Richtung Stettin geschickt.

Zu diesem Zeitpunkt erlebte die russische Philosophie gerade eine äußerst lebendige Phase. Die Philosophen stritten sich die ganze Zeit und hörten auch an Bord nicht damit auf. Die einen behaupteten, Russen seien ihrem Wesen nach Europäer, Russland solle daher den europäischen Weg der Aufklärung und der Vernunft einschlagen, und die Gesellschaft müsse langsam reformiert werden, damit man das Volk Schritt für Schritt auf einen europäischen, menschenfreundlicheren Weg lenken könne. Die andere Gruppe der Philosophen auf dem Schiff bestand dagegen darauf, Russland sei kulturell, wirtschaftlich und politisch schon immer ein Gegengewicht zu Europa gewesen. Es sei von Gott auserwählt worden, die leidende Seele, das hochschlagende Herz und das Gewissen der Menschheit zu sein. Es sei berufen, den ganzen Schaden der Aufklärung und der technischen Entwicklung mit der heilenden Kraft seines Geistes wieder zu kitten, mithin die europäische Nähe mit den asiatischen Wurzeln zu vereinen. Egal was Europa vorhabe, Russland müsse immer dagegen sein. Beide Philosophenfraktionen wurden gleichermaßen von den Bolschewiki des Landes verwiesen, und beide Seiten sahen in ihrer Ausweisung jeweils die Bestätigung der eigenen Theorie. Es ging laut zu auf der *Oberbürgermeister Haken*.

Es gab allerdings auch noch eine dritte philosophische Gruppe auf dem Schiff, repräsentiert von dem alten Professor Berdjajew. Er vertrat die sogenannte Weinsteintheorie. Laut dieser Theorie blieb immer etwas Ungeklärtes im Weltgeschehen. Bei jeder Entwicklung, bei jeder neuen Erfindung, sogar bei jeder Drehung des Planeten um die eigene Achse entsteht demzufolge immer auch etwas Irrationales, Unvorhergesehenes, so wie sich am Boden jedes klaren Weines ein dunkler Weinstein bildet, der auch noch da ist, wenn der Wein längst ausgetrunken wurde. Berdjajew behauptete, dass die Welt nicht zu erklären sei, jede Mühe mithin vergeblich und jedes Recht strittig. Niemand wisse, was komme. Diese seine Theorie verteidigte der Philosoph jedoch nicht im Gespräch mit seinen Kollegen auf dem Schiff. Stattdessen stand er die ganze Zeit allein an Deck, trank Wein, den er vorsorglich mit dabeihatte, schaute auf das dunkle Wasser und hörte den Schreien der Möwen zu, die das Schiff wie ein revolutionärer Konvoi von beiden Seiten umzingelt hatten, kleine Fische aus dem Meer fingen und die großen russischen Philosophen bis nach Stettin begleiteten. Später siedelten sich die meisten von ihnen in tomatenähnlichen Ländern an. Sie lebten dort relativ sorglos – bis Adolf Hitler mit seiner neuen europäischen Ordnung kam.

Ich bin aber abgeschweift und dadurch vom Onkel abgekommen. »*Schmerzen, unerträgliche Schmerzen im ganzen Körper*«, schrieb er. »*Es hat keinen Sinn, die Wahrheit zu leugnen, ich sterbe. Bevor ich sterbe, möchte ich aber noch gerne einmal die Welt bereisen. Vielleicht nicht die ganze Welt, vielleicht nur Europa, oder gar nur Deutschland, und auch dort nur Berlin. Kurzum, schick mir bitte eine Einladung.*«

Ich überlegte nicht lange und ging ins Einwohnermeldeamt. Eine Einladung nach Deutschland ist keine große Sache. Ich musste dafür bloß übers Internet einen Termin beim Amt beantragen und eine Bescheinigung des Arbeitgebers einholen, als Beweis dafür, dass ich genug verdiente, um meinen Gast soundso viele Tage versorgen zu können. Außerdem brauchte ich einen Nachweis, dass ich in meiner Wohnung genug Platz hatte und nicht beabsichtigte, die Obdachloseneinrichtungen der Hauptstadt für meine Verwandtschaft in Anspruch zu nehmen. Als Freiberufler hatte ich allerdings keinen richtigen Arbeitgeber, also konnte mir jeder Freund oder Nachbar eine solche Bescheinigung ausstellen, und die Wohnung bietet Platz genug für mehrere Onkels. Ich fuhr also am vereinbarten Tag zur Polizei, schwor auf die Ehrlichkeit der Angaben, bezahlte 30,– Euro, und fertig war die Einladung.

Sie nach Moskau zu schicken war etwas schwieriger, denn die Post ist in Russland eine unsichere Verbindung. Selbst wenn sie ausnahmsweise einmal funktioniert, kann es zuletzt am Briefträger scheitern. Die Briefträger in Russland entwickeln nicht selten ein ungesundes Interesse an Briefen, die aus dem Ausland kommen. Vielleicht sammeln sie Briefmarken und suchen nach passenden interessanten Bildern für ihre Sammlung. Oder sie vermuten in den Umschlägen wertvolle Inhalte. Manche Briefe kommen nie an, andere erreichen ihre Adressaten dagegen blitzschnell. In gurkenähnlichen Ländern ist das Leben eben ein ständiges Spiel, und die Post funktioniert dort wie russisches Roulette. Die Wahrscheinlichkeit eines Treffers liegt immer bei fünfzig zu fünfzig: entweder – oder.

Ich schickte meinem Onkel meine Einladung per Post, und siehe da, es funktionierte. Er bekam später aber doch noch Probleme, allerdings von anderer Seite, nämlich mit der deutschen Botschaft. Es dauert in der Regel drei bis vier Tage, ein Visum zu bekommen, doch zuerst muss man einen Antrag bei der Visavergabestelle ausfüllen. Die Termine dafür werden von einer externen Firma verteilt und sind knapp. Als mein Onkel mit der Firma telefonierte, bekam er einen Termin im nächsten Jahr. So lange konnte er nicht warten und rief deswegen mich an, ob ich die Angelegenheit von Berlin aus nicht irgendwie beschleunigen könne. Im Internet fand ich die Seite der deutschen Botschaft mit einem hübschen Weihnachtsmarkt bebildert und der Erklärung, dass »überall in Deutschland der Advent die stimmungsvollste Zeit des Jahres ist«. Was ist an diesem Fest so stimmungsvoll, wo sich doch alle in ihre Wohnungen zurückziehen und dort hinter ihren Gänsebraten verstecken, dachte ich und las weiter: »So lustig geht es bis zum Heiligen Abend am 24. Dezember zu. An diesem Tag feiern die Christen die Geburt von Jesus mit geschmücktem Tannenbaum und Geschenken, die darunter platziert werden. Diese Geschenke sind ein fester Bestandteil der deutschen Kultur.«

»Sehr geehrte Mitarbeiter der Botschaft«, schrieb ich an die Kontaktadresse. *»Ich möchte Sie darum bitten, mei-*

nem Onkel noch in diesem Jahr einen Termin zu geben. Der Mann ist alt, und wir haben uns viele Jahre nicht gesehen. Ich wäre Ihnen sehr dankbar. Hochachtungsvoll,

W. Kaminer«

Ich spielte mich natürlich als berühmter Schriftsteller auf, doch die Antworten werden von der Botschaft mit Hilfe eines Schreibroboters maschinell geschrieben, für ihn sind alle Menschen gleich, egal ob Schriftsteller oder nicht.

»*Sehr geehrte Damen und Herren*«, schrieb mir der Roboter zurück. »*Sie bitten um einen Sondertermin in der Visastelle der Deutschen Botschaft Moskau. Sondertermine können jedoch nur in eng begrenzten Ausnahmefällen gewährt werden. Bitte schildern Sie ausführlich Ihr Anliegen unter Darlegung des Reisezwecks und der besonderen Eilbedürftigkeit. Fügen Sie Ihrer E-Mail gegebenenfalls aussagekräftige Anlagen bei, die Ihre Darstellung stützen. Vorsorglich wird darauf hingewiesen, dass eine Sonderterminvergabe für touristische Reisen grundsätzlich nicht in Betracht kommt.*«

»*Sehr geehrter Roboter*«, wieder ich. »*Es handelt sich um ein Missverständnis. Ich habe keine Eilbedürftigkeitsnachweise und keine Ausnahmefälle, ich habe bloß einen alten Onkel, den ich einladen möchte, mich noch in diesem Jahr zu besuchen. Es müssen keine Sondertermine sein, uns reicht auch ein ganz normaler Termin. Es ist eine Herzensangelegenheit, nehmen Sie sie bitte persönlich!*«, schrieb ich, wohl wissend, dass Roboter kein Herz haben, schon gar nicht einer von der Botschaft.

Der Roboter und ich schrieben uns drei Mal hin und

her, bis sich eines Tages eine lebendige Frau mit Namen und Nachnamen meldete:

»Lieber Herr Kaminer, wie heißt denn Ihr Onkel?«

Er bekam einen Termin für den darauffolgenden Dienstag um 7.30 Uhr früh, und eine Woche später holte ich ihn schon vom Berliner Hauptbahnhof ab.

Im Sternbild des Weichenstellers

Der Zug aus Moskau – es gibt nur einen – braucht 26 Stunden bis Berlin. Er fährt in Moskau kurz vor Mitternacht los und kommt am Berliner Hauptbahnhof laut Fahrplan kurz nach Mitternacht an. Zwei Stunden verliert er irgendwo unterwegs. Dieser Zug überschreitet nicht nur die Grenzen des Landes, sondern auch die der Zeit. Die russische Eisenbahn hat nicht nur breitere Gleise, auf die kein westlicher Zug passt, Russland hat auch seine ganz eigene Zeit, und die Passagiere, die das Land verlassen wollen, haben zwei Stunden zusätzlich zum Nachdenken, ob sie es wirklich tun sollen.

Der Hauptbahnhof ist nachts viel angenehmer als am Tag. Die Hektik des Verkehrs erlischt, die letzten Reisenden verlassen das Gebäude, und nur einige wenige Russen versammeln sich an Gleis 6, um ihre Freunde, Verwandten oder Bräute abzuholen. Ich bin schon öfter nachts am Bahnhof gewesen und habe auf Gäste oder Postsendungen aus dem Moskauer Zug gewartet. Seine Ankunft ist jedes Mal ein Spektakel. Auch die Putzleute im Bahnhofsgebäude warten auf den »Russenzug«, erst danach fangen sie richtig an, sauber zu machen.

Der Zug hält sich so gut wie nie an den Fahrplan, er kann später, aber auch früher als erwartet ankommen, und er sieht anders aus als die sonstigen einfahrenden Züge – als wäre er mit hoher Geschwindigkeit durch riesige Pfützen gerast, wahrscheinlich Zeitpfützen, wobei die zwei überflüssigen russischen Stunden in tausend Mikrosekunden zersprangen und nun als kleine dunkle Pünktchen überall an der Lokomotive und an den Waggons kleben. Und die Schaffner, diese Schlepperbande! Sie kommen mir vertraut vor, und wie alte Bekannte grüßen wir uns am Gleis. Immerhin bin ich selbst vor zwanzig Jahren in Moskau in diesen Zug gestiegen, am Weißrussischen Bahnhof, der damals wie der Turm zu Babel kurz vor seiner Vernichtung aussah. Der Bahnhof ist das Gesicht einer Stadt. Wenn am Bahnhof nichts los ist, wird es auch in der Stadt nicht brummen, und in Moskau war damals einiges los. Als ich 1990 beschloss, meine Heimatstadt zu verlassen und Richtung Berlin zu fahren, habe ich einen ganzen Tag in der Schlange am Bahnhof verbracht, um eine Fahrkarte zu ergattern. Damals ähnelten alle Bahnhöfe der russischen Hauptstadt dem Turm zu Babel. Sie waren mit Reisenden überfüllt, die einander nicht verstanden, den ganzen Tag herumliefen und trotzdem nicht vom Fleck kamen. Der von Michael Gorbatschow eingeleitete politische Wandel in der Sowjetunion sorgte dafür, dass sich das halbe Land in einen Bahnhof verwandelte mit einer Bevölkerung, die sich auf der Durchreise in eine ungewisse Zukunft befand.

Der Bahnhof wurde außerdem zum ersten Rückzugsgebiet der Opfer des Kapitalismus, zur einzigen sozialen Einrichtung, bei der es noch Licht und Wärme umsonst gab. Obdachlose, verprellte Kleinhändler, Frauen, die auf ihrem Eroberungskurs durch Moskau vom rechten Gleis abgekommen waren – alle von der neuen Gesellschaftsordnung Erniedrigten und Beleidigten sammelten sich an und in den Bahnhöfen. Wenn eine Polizeistreife vorbeikam, schauten sie auf die Anzeigetafel, als ginge ihre Reise jeden Moment los und sie würden bloß noch auf den richtigen Zug warten. Die verschiedensten Ziele erschienen auf der Tafel und erloschen wieder, aber der richtige Zug kam und kam nicht. Die Leute belegten alle Heizungsrohre und Fensterbretter, später begannen sie, sich aus ihren Reisekoffern kleine Siedlungen zu bauen. Sie näherten sich einander an, gründeten Familien, zeugten Kinder, zankten sich und gingen wieder auseinander, blieben dabei aber immer in Bahnhofsnähe. Ich bin sicher, dass manche von ihnen irgendwann ganz vergessen hatten, dass sie sich auf einem Bahnhof befanden und eigentlich auf einen Zug warteten.

Später, nach den ersten Irrungen und Wirrungen der kapitalistischen Neuzeit, möbelte die Stadtverwaltung die Moskauer Bahnhöfe auf, sie wurden neu gestrichen und zu großen Verkaufstempeln umgebaut. Man ging zum Bahnhof wie ins Kino. Edle Casinos, Cafés und teure Boutiquen hielten in den Bahnhofsunterführungen Einzug. Die Eingänge wurden fortan polizeilich überwacht, und hinein kam man nur noch mit einer gültigen Fahrkarte oder gegen eine Eintrittsgebühr, die man direkt bei der Polizeistreife zahlen musste. Alle unentschlossenen Reisenden samt ihren Familien und Bergen von Koffern verschwanden über Nacht in unbekannte Richtung. Vielleicht war doch endlich der richtige Zug gekommen, und das ewige Warten hatte sich gelohnt.

Im späteren, verschärften Kapitalismus führte man eine regelrechte Eintrittskarte für das Betreten des Bahnhofs ein, als wäre das Gewimmel dort eine Opernveranstaltung. Gleichzeitig explodierten die Preise für Zugfahrkarten. Die Bahnhöfe wurden zu leeren Tempeln, die aussahen, als hätte eine Neutronenbombe eingeschlagen, die nur Menschen vernichtete, aber ihre Sachen unbeschädigt ließ. Auch die Züge waren alle noch da, nur die Passagiere fehlten. Geschäftsleute verabredeten sich in den Bahnhofsrestaurants, wenn sie ungestört miteinander reden wollten. Aber der Eintrittspreis für die Bahnhofsgebäude war auf Dauer zu hoch und zu unmenschlich, er hielt sich nicht lange.

Meine Bekanntschaft mit Berlin begann ebenfalls an einem Bahnhof. Damals war der Hauptbahnhof noch nicht gebaut worden, und wir stiegen in Lichtenberg aus, mein Freund M. und ich. Wie viele Russen damals träumten wir von einem neuen Leben auf unbekanntem Territorium. Berlin sollte auf keinen Fall unsere Endhaltestelle werden, wir sahen uns mehr auf der Durchreise in Richtung Paradies. Wir waren geteilter

Meinung, ob wir überhaupt in Deutschland aussteigen oder gleich weiterfahren sollten. Der Bahnhof Lichtenberg beeindruckte uns jedoch sehr. Fröhliche Fremde sprachen uns an, sie drückten uns illustrierte Büchlein in die Hand, einfach so als Geschenk. Überall auf dem Boden lagen Münzen, überflüssiges Geld, das die Berliner anscheinend nicht mehr brauchten, und ständig liefen lustige Betrunkene mit Fahnen herum. Das Ganze erinnerte mich stark an einen Kindergeburtstag oder eine Hochzeit, bei der man das Brautpaar mit Kleingeld bewirft und jeder Gast Geschenke bekommt.

»Wenn es hier jeden Tag so zugeht, dann möchte ich gerne hierbleiben. Ich möchte an diesem Fest des Lebens aktiv teilnehmen«, meinte M., der sonst eigentlich eher passiv an den von uns regelmäßig gefeierten Festen des Lebens teilgenommen hatte, indem er still in einer Ecke saß und rauchte.

Ich konnte mir die Bombenstimmung am Bahnhof Lichtenberg nur mit der angeborenen Fröhlichkeit der Berliner erklären. Erst später erfuhren wir die Wahrheit: Dass nämlich die lustigen Besoffenen mit den Fahnen, die uns mit Flaschenbier beschenkt hatten, dort nicht jeden Tag herumliefen, sondern nur an diesem einen Tag unterwegs waren, weil die deutsche Fußballmannschaft am Tag unserer Anreise völlig unerwartet in Italien gegen Argentinien gewonnen hatte und Weltmeister geworden war. Und das Kleingeld auf dem Boden war der Währungsunion geschuldet. Es waren DDR-Münzen, die keinen kapitalistischen Pfennig mehr wert waren. Und die fröhlichen Menschen, die uns Bücher mit Zeichnungen geschenkt hatten, waren keine durchgedrehten Buchhändler, sondern Zeugen Jehovas, die damals in den Zügen aus Osteuropa verstärkt nach neuen potenziellen Anhängern fischten.

Bereits am nächsten Tag, nach einer durchzechten Nacht mit viel Bier, kam uns Berlin trist und grau vor. Wir wussten nicht, was tun, kannten niemanden in der Stadt und gingen zurück zum Bahnhof, wohin sonst? So wurde der Bahnhof dann auch zu unserer ersten Arbeitsstelle in Berlin. Wir verkauften dort Bier und Süßigkeiten, die wir uns in einer Aldi-Filiale nicht weit vom Bahnhof entfernt besorgten. Damals war das Gebäude voll von Kleinhändlern wie uns, alle zwei Meter standen Möchtegernkapitalisten und priesen laut ihre Ware an, soweit die Sprachkenntnisse es ihnen erlaubten. Erst nach einem halben Jahr verließen wir unseren Arbeitsplatz Bahnhof endgültig und widmeten uns anderen Tätigkeiten.

Heute bin ich jedoch als lesereisender Schriftsteller erneut jede Woche auf dem Hauptbahnhof. Ich kenne hier jede Ecke, jeden Zeitungskiosk, und ich brauche keine Tafel, um zu erfahren, wo welche Züge anhalten. Der Hauptbahnhof ist quasi vor meinen Augen gebaut worden, drei Etagen voller Geschäfte, bunt, schick, modern – ein Konsumtempel mit Zugverkehr. An die Stelle der Bierverkäufer sind Restaurants für jeden Geschmack getreten, so werden hier zum Beispiel bei Gosch die besten Matjes der Stadt angeboten. Gut, Geschmack ist immer subjektiv, von Russen wie von Holländern wird die weniger salzige, nicht mit Essig vergiftete Variante geschätzt. Meine Frau und meine Mutter rufen mich immer an, wenn sie wissen, dass ich von einer Lesereise am Hauptbahnhof ankomme. Ich muss ihnen dann immer ein Dutzend Matjesheringe mitbringen.

Außer zu Gosch gehe ich auch gerne in die Bahnhofsbuchhandlung, wenn es die Zeit erlaubt. Es sind dabei nicht die Bücher, sondern die Menschen, die mich faszinieren. Ein ganz besonderer Schlag Lesepublikum steht dort vor den Regalen. Ich glaube, Bahnhofsbuchhandlungen unterscheiden sich stark von ihren Schwestern in der Innenstadt, denn nirgendwo, in keinem anderen Einkaufstempel, gibt es so viel unentschlossene Laufkundschaft, der man alles nur Denkbare anzudrehen versucht. Die Laufkundschaft am Bahnhof teilt sich traditionell in zwei gleich große Gruppen auf: Menschen, die immer zu spät, und Menschen, die immer zu früh da sind. Der Anteil der Passagiere, die leger durch die Bahnhofshalle spazieren und zum richtigen Zeitpunkt in den richtigen Zug einsteigen, ist mikroskopisch klein, man kann ihn in diesem Text vernachlässigen. Die Mehrheit rennt entweder mit glühendem Kopf herum oder führt entspannt ihre Rollkoffer durch die Bahnhofsgeschäfte spazieren.

Mit den ersten, die immer zu spät kommen, kann man keine Geschäfte machen, sie haben dafür keine Zeit. Die anderen aber, die zu früh gekommen sind, das ist die beste Kundschaft. Sie lesen mehr, sie sehen mehr, und sie wissen mehr. Was die anderen betrifft: Wer zu spät kommt – was dem passieren kann, das wissen wir inzwischen. Das hat uns Gorbatschow damals schon erklärt, kurz bevor ich nach Berlin kam. Wahrscheinlich ziehe ich es deswegen vor, immer etwas zu früh am Bahnhof anzukommen.

Ich hätte zwar wetten können, dass der russische Zug mindestens eine halbe Stunde Verspätung haben würde, fuhr jedoch für alle Fälle eine halbe Stunde früher von zu Hause ab. Trotz der späten Stunde hatte sogar die Bahnhofsbuchhandlung noch auf. Aus Spaß machte ich mich dort auf die Suche nach meinen eigenen Büchern. In einer normalen großen Buchhandlung sind meine Bücher unter dem Buchstaben K zu finden, normalerweise zwischen Kafka und Konsalik. Ich weiß, dass das kein Zufall ist. Die Anfangsbuchstaben haben eine tiefere Bedeutung – wir vom K-Regal sind ja fast alle Humoristen. Kafka habe ich in Moskau im Theaterinstitut studiert. In der sowjetischen Literatur-Enzyklopädie stand über ihn trocken und auf den Punkt gebracht: »Kafka, Franz: wichtiger Vertreter der Prager Gruppe deutscher Autoren. Bekannt sind seine Romane *Das Schloss*, *Der Prozess* und *Amerika*. Seine Helden sind einsame Menschen. Sein Hauptthema die pessimistische Flucht aus der Realität letztlich in den Tod: Eine begabte, aber geistig instabile Persönlichkeit wird vom kapitalistischen Milieu vernichtet. Kafka gehörte der kleinbürgerlichen Intelligenz zu Zeiten des imperialistischen Krieges an, er kritisierte seine Klasse, konnte sich aber nicht von ihr befreien.«

Der große russische Exil-Schriftsteller Nabokov nahm Kafkas Erzählung *Die Verwandlung* als die einzig wertvolle des deutschsprachigen Raumes in seine berühmten amerikanischen Lektionen über die europäische Literatur auf. Als fanatischer Hobby-Entomologe, der seine ganze Freizeit den Insekten widmete, glaubte Nabokov sogar zu wissen, dass der Held der Erzählung, Gregor Samsa, sich nicht in irgendeinen Käfer, sondern in einen Schmetterling mit kleinen Flügeln verwandelte. Auch der Hinweis auf ein geöffnetes Fenster spreche dafür, dass Kafka seinem Helden die Möglichkeit ließ, der Menschenwelt zu entfliehen, was Samsa jedoch nicht tat. »In dem ewigen Kampf zwischen dem Individuum und der Welt muss man auf der Seite der Welt stehen«, schrieb Kafka dazu.

Über meinen anderen Regal-Nachbarn – Konsalik, Heinz – stand nichts in der sowjetischen Literatur-Enzyklopädie. Dafür hat er die meisten Besteller deutscher Sprache geschrieben. Ich habe sie einmal im Internet gezählt und kam auf 125 in 45 Jahren. Seine Werke hatten oft ähnliche Titel: *Natalia, ein Mädchen aus der Taiga; Ninotschka, die Herrin der Taiga; Eine Liebe in Sibirien; Liebesnächte in der Taiga; Ein Arzt in der Taiga; Ein Mädchen aus Torusk* usw. Sie erzählten auch immer wieder die gleiche Geschichte: Ein deutscher Kriegsgefangener mit starken masochistischen Zügen verliebt sich in dem roten Riesenreich in eine dominante russische Frau in Uniform mit Lederstiefeln und Riesenbrüsten. Er kann ohne diese Frau nicht mehr leben, er will, dass sie ihn tritt und peinigt. Manisch verfolgt der Deutsche diese wilden Taiga-Tanten durch Sibirien, manchmal durch die halbe Welt, manchmal kommt er den großen Brüsten sehr nahe, doch dann passiert wieder etwas, und weg sind sie. Diese Leidensgeschichten werden in der eindringlichen, einfachen Landsersprache eines professionellen Journalisten mit viel Gefühl erzählt, sodass sich auch dem letzten unbefriedigten Hauptbahnhofs-Buchkäufer diese Taiga-Brüste in sein Hirn brennen, wo sie für immer hängen bleiben. Konsalik hat zwei Milliarden dieser Romane verkauft und ist so reich geworden, dass er am Ende den Verlag erwarb, der seine Bücher veröffentlichte.

Schaut man etwas aufmerksamer auf die unterschiedlichen K-Autoren, erkennt man, dass sie alle Humoristen sind. Weil ein tragisches, absurdes Leben, ob nun als Schmetterling oder sonst etwas, mit einem unbedingten Tod am Ende, komisch ist. Heute hätte die Samsa-Familie seine Verwandlung wahrscheinlich nicht einmal bemerkt, sie ginge beim Frühstück als Piercing durch. Auch der Held von Konsalik, der niemals aufgibt, immer auf der Flucht vor sich selbst, den imaginären Taiga-Brüsten hinterher durch Wüste und Schnee, ist ein Komiker. Du wirst uns niemals kriegen, flüstern ihm die sowjetischen Brüste aus dem Taiganebel zu. Never! Wir sind alle Witzfiguren, am Gleis der Geschichte stehende Passagiere, die nicht wissen, ob ihr Zug noch nicht angekommen oder schon abgefahren ist.

In der Bahnhofsbuchhandlung am Hauptbahnhof konnte ich diesmal allerdings weder Kafka noch Konsalik finden, von meiner Wenigkeit ganz zu schweigen. Dafür quoll das D-Regal über: Alles war dort mit Darwin vollgestellt. Darwins Bücher, Darwins Plakate, Biografien Darwins und etliche andere Bücher, die mit Darwin direkt oder, nach Meinung der Buchverkäufer jedenfalls, mit der Evolution im Allgemeinen zu tun hatten. So lag auf dem Darwin-Tisch unter anderem die Fantasy-Saga *Planet der Affen*, außerdem ein Affenkalender. Beides zutiefst antidarwinistische Werke, wenn man sie etwas genauer betrachtete. Doch die wenigen Kunden nahmen den Darwin-Tisch mit dem Affenkalender nur freundlich zur Kenntnis, niemand wunderte sich darüber. In der allgemeinen Wahrnehmung war der englische Finkenforscher vor allem für zwei Thesen berühmt: dass die Menschen vom Affen abstammen und dass immer die Stärkeren überleben, während die Schwächeren zugrunde gehen.

Darwins Erkenntnisse beruhten auf der Beobachtung von Finken auf den Galapagos-Inseln. In einem sonnigen Jahr hatten sie weiche und kurze Schnäbel. In kalten und nahrungsarmen Jahren wurden ihre Schnäbel immer länger und hart. Aus der Sicht der Evolution befinden wir uns also derzeit in einer sonnigen Phase. Unsere Schnäbel sind kurz und weich. Nur bei manchen sind die Schnäbel trotz bester Wetterbedingungen größer geraten. Laut Darwin werden sie diejenigen sein, die überleben. Die Antidarwinisten behaupten dagegen, dass nur die überleben, die sich den anderen gegenüber solidarisch verhalten, um sich gemeinsam den sich ständig verändernden Lebensbedingungen anpassen zu können. Sie lernen, mit jedem Wetter umzugehen.

In den sozialistischen Ländern gewann diese Weltsicht die Oberhand. Der sowjetische Wissenschaftler Lyssenko zum Beispiel erzielte in den Fünfzigerjahren große Erfolge bei der Erhöhung der Milcherträge, indem er Kühen aus Memoiren der Helden des sowjetischen Bürgerkrieges vorlas. Es gelang ihm außerdem, allein durch Agitation und Propaganda kälteresistente Kartoffeln zu züchten und die Maisernte deutlich zu verbessern. Seine letzte Theorie, dass Kuckucke ihre Eier in Wirklichkeit nicht in fremde Nester legen, sondern durch spezielle akustische Signale bewirken, dass aus den fremden Eiern Kuckuckskinder schlüpfen, konnte im Labor nicht nachgewiesen werden, weil die Kuckucke sich weigerten, sich in Gefangenschaft zu vermehren, also die richtigen Signale von sich zu geben. Diese sturen Kuckucke haben die Karriere des Wissenschaftlers letzten Endes ruiniert. Wer hat nun Recht, Darwin oder Lyssenko? Ich hoffe, Letzterer. Sonst werden die Menschen bald wie RoboCops aussehen.

Wäre ich der Buchhandlungsminister, würde ich in jeder Bahnhofsbuchhandlung einen Darwin- und einen Antidarwin-Büchertisch aufstellen, obwohl ich der Gerechtigkeit halber an dieser Stelle sagen muss, dass

Bahnhofsbuchhandlungen schon immer eher prodarwinistisch eingestellt waren. Sie haben die dicksten und buntesten Bücher mit riesigen Buchstaben auf dem Cover, die sogar einem blinden Halbalphabeten zugänglich sind, stets ganz nahe an der Kasse platziert und ihnen auch sonst die besten Plätze eingeräumt. Diese Bücher an der Kasse stechen den Kunden ins Auge und dominieren in jedem Laden. Sie werden millionenfach gedruckt und sind in der Regel von Autoren verfasst, die »viel und gut« schreiben. An einen solchen Autor erinnerte sich der Erfinder des russischen psychologischen Romans, Iwan Turgenew. Als er alt und krank in Paris von jungen Autoren besucht wurde, beschwerte er sich, er könne in letzter Zeit gar nichts Gescheites mehr zu Papier bringen. Der junge unbekannte Literat erwiderte daraufhin: »Und ich schreibe in der letzten Zeit viel und gut!«

»Wir schließen«, sagte die junge Verkäuferin zu mir. »Wollen Sie also nun etwas kaufen?«

Ich schaute auf die Uhr. Der Zug sollte jede Minute kommen, keine Verspätung war angekündigt. Ich bedankte mich höflich und ging ans Gleis. Ich weiß nicht mehr, wann ich das letzte Mal ein Buch gekauft habe, heutzutage kann man doch alles im Internet lesen. Doch – jetzt fällt es mir wieder ein: Ich habe meiner Tochter Nicole zu Weihnachten *Alice hinter den Spiegeln* gekauft, meinem Sohn Sebastian eine Comic-Serie und mir selbst ein 1200 Seiten dickes Sartre-

Buch, obwohl ich mir sicher war, dass ich dieses Werk niemals durchlesen würde. Trotzdem war es wichtig für mich, das Buch zu besitzen. Die richtigen Bücher erzielen ihre Wirkung durch ihre bloße Existenz, sie müssen nicht gelesen werden. Ein Beispiel hierfür ist Sartre. Sein Buch *Das Sein und das Nichts* ist eine unglaubliche Erfolgsgeschichte, das bekannteste von allen nicht zu Ende gelesenen Büchern des 20. Jahrhunderts.

Das Buch ist in Frankreich mitten im Zweiten Weltkrieg erschienen und erreichte auf Anhieb eine unglaubliche Popularität. Es kam 1943 heraus, als die sowjetische Armee gerade dabei war, den Krieg zu gewinnen. An allen Fronten feierte sie Siege, und die Faschisten wurden langsam, aber sicher zum Rückzug gedrängt. Den Ausgang des Krieges sahen nicht mehr nur Hellseher voraus, und die Franzosen feilten bereits an den Legenden der Résistance, um sich langsam auf ein anständiges Leben nach dem Krieg vorzubereiten. Die Erstausgabe des Buches von Sartre war dick und schwer. In ihm geht es kurz gesagt darum, dass der Mensch selbst in der aussichtslosesten Situation immer die Freiheit hat, eine Entscheidung zu treffen. Jenseits seiner Entscheidungen gibt es den Menschen gar nicht, meinte Sartre. Jeder von uns ist demgemäß sein eigenes »Projekt«, die Summe seiner Handlungen. »Jeder Mensch ist nur das, was er aus sich macht«, schrieb er. *Das Sein und das Nichts* ist schwer zu lesen, sehr viele fangen es an, aber kaum einer schafft es bis zum Ende. Damals jedoch, 1943, hatte dieses Buch im besetzten Frankreich trotz des Papiermangels eine erstaunlich hohe Auflage. Nicht nur die französischen Linken, auch die Hausfrauen, Bauern und Kleinhändler kauften es, und in jedem Krankenhaus lagen Exemplare davon herum.

Das Geheimnis des überwältigenden Erfolgs von Sartres Werk erklärte sich laut einer Legende, die von französischen Kollegen immer gerne erzählt wird, aus dem Gewicht des Buches. *Das Sein und das Nichts* wog genau 1 Kilo, kein Gramm mehr und keines weniger. Vielleicht gab es in Frankreich während des Krieges Probleme mit den Gewichtsmaßen. Mehl und Butter wurden jedenfalls in Sartre gewogen, aber auch Säuglinge, die nach 1943 in Frankreich auf die Welt kamen, wurden in ihrer Mehrheit mit *Das Sein und das Nichts* als Gegengewicht auf die Babywaage gelegt. Aus ihnen wurde schließlich die 68er-Generation. Diese Kinder, die mit Sartres Buch aufgewogen worden waren, wirkten als Erwachsene in der Realität Nachkriegsfrankreichs darauf hin, der Gesellschaft eine Sozialität zu schaffen, die sie dringend brauchte. Sie stellten dafür eine kleine Revolution auf die Beine, die als 68er-Revolte in die Geschichte einging. Was sagt uns das heute? Im Grunde nichts. Es zeigt bloß, wie wichtig es ist, als Baby mit dem richtigen Buch aufgewogen zu werden.

Inzwischen versammelten sich alle der auf den russischen Zug Wartenden am Gleis. Aber der Zug kam und kam nicht, er hatte sich anscheinend doch im »Zeitgürtel« vertan und war wahrscheinlich im Sekundennetz irgendeiner Zeitzone hängen geblieben. Keine Ansage, nichts. Der Bahnhof schwieg. Nur zwei Dutzend Russen blickten hoffnungsvoll in die Dämmerung nach Osten. Kommt er, oder kommt er nicht. Er kam, wie ich vermutet hatte, mit einer halben Stunde Verspätung und hielt dann mit einem Geräusch, das sich wie der Todesschrei eines angeschossenen Hirsches anhörte, nicht wie die gezogene Bremse einer Maschine. Wenige Minuten später schälte sich bereits mein Onkel aus dem Nebel. Er hatte sich kein Stück verändert, er war nur irgendwie kleiner geworden. Oder ich war in der Zwischenzeitzone gewachsen? Wir umarmten uns herzlich, dann nahm ich seinen Koffer – und ließ ihn vor Schreck beinahe wieder fallen.

»Backsteine?«, fragte ich ihn.

»Ja, Backsteine!«, nickte mein Onkel. »Sie sind mein Talisman, ich fahre niemals ohne Backsteine los.«

Des Onkels leuchtende Hose

Mein Onkel sah aus wie ein Sandmännchen auf der Flucht mit seinem riesigen Koffer, einer Zipfelmütze, schwarzer Lederjacke und einer in der Dunkelheit glitzernden Hose, die aus einem speziellen Licht widerspiegelnden Material genäht war. Solche Menschen ziehen oft unnötig die Aufmerksamkeit der Polizei auf sich, weil Polizisten bunt angezogene alte Lebemänner oft als Irre einschätzen, die eine Gefahr für die stilvoll angezogene bürgerliche Gesellschaft darstellen. Zum Glück war mein Onkel nicht allein aus dem Zug gestiegen. Eine große Gruppe leicht angetrunkener, geschäftstüchtiger Männer – Russen und Kasachen –, korrekt in weiße Hemden und schwarze Anzüge gekleidet, hatte ebenfalls den Zug verlassen. Sie redeten laut und gestikulierten heftig.

Wenn mehr als zwei Menschen auf engem Raum, zum Beispiel in einem Zugabteil, zusammenkommen, ist es in Russland Sitte, dieses Ereignis zu feiern und darauf zu trinken. Selbst Graf Leo Tolstoi, Anhänger eines gesunden Lebens und großer Bekämpfer der russischen Sauferei, äußerte sich misstrauisch über die Gründung der russischen Nüchternheitsversammlungen, der Vorboten der Anonymen Alkoholiker. Man muss sich nicht versammeln, um nicht zu trinken, fand Tolstoi. Das könne jeder für sich zu Hause tun. Wenn man aber zusammenkomme, dann nicht, um traurig herumzusitzen, und da gehöre das Trinken schon dazu.

Die Kasachen und die Russen aus dem Zug waren, ihrem Gespräch zu entnehmen, Reiseunternehmer, die nach Berlin zur ITB, der großen internationalen Tourismusmesse, gekommen waren und schon im Zug angefangen hatten, einander leckere touristische Angebote zu unterbreiten. Sie redeten über Angel- und Jagdmöglichkeiten in ihrem jeweiligen Heimatland, über Vögel, Bären und Ziegen, die zum Abschuss bereitstünden.

»Wir haben letztes Jahr die Zählung von Bären abgeschlossen«, sagte ein Russe. »Ungefähr 1500 leben auf unserem Gebiet. Davon brauchen wir höchstens ein Drittel, 1000 Bären können daher jederzeit abgeschossen werden. Wir haben genug fähiges Personal vor Ort, das den Bären innerhalb von 24 Stunden ausstopft, sodass jeder Tourist seine Trophäe gleich mitnehmen kann!«, gab er an.

Dem Onkel und mir taten die Bären leid, doch wir wollten uns nicht in fremde Geschäfte einmischen. Diese angetrunkenen Reiseunternehmer aus dem Osten sahen aus wie Staatsmänner, nicht wie Kapitalisten. Kein Wunder: Irgendwie ist der russische Kapitalismus tatsächlich staatlich. Er wird auf Befehl des Staates aufgebaut wie zuvor der Sozialismus und funktioniert von oben nach unten. Irgendwann bauen sie ihn auf Befehl des Staates auch wieder ab.

»Und wir haben eine große Mufflon-Population«, gab der Kasache an. »Sie wissen schon, diese wilden Bergziegen mit den verdrehten Hörnern. Unsere Leute vor Ort können ihn ausstopfen, bevor der Tourist neu geladen hat.«

Die blutrünstigen Reiseunternehmer liefen an uns vorbei in Richtung Ausgang. Zwei russische Großfamilien, die ebenfalls aus dem Zug gestiegen waren, wurden von ihren Verwandten abgeholt. Mein Onkel und ich verließen als Letzte den Bahnsteig und gingen vor den Bahnhof an die frische Luft. Kein einziges Taxi weit und breit. Ich hatte schon auf dem Weg zum Bahnhof Schwierigkeiten gehabt, eines zu finden, und gedacht, die ITB hätte den Engpass verursacht. Dass nun auch nachts nirgends Taxis zu finden waren, schien mir neu zu sein. Die Großfamilien aus dem Zug hatten ihre eigenen Fahrzeuge neben dem Bahnhof stehen, die Reiseunternehmer gingen wie echte Touristen zu Fuß. Mein Onkel und ich standen eine Weile hilflos auf der Straße, in der Hoffnung, dass etwas passierte, beschlossen dann jedoch, uns langsam vorwärtszubewegen, soweit die Füße trugen. Ich nahm den Koffer, mein Onkel erhellte uns mit seiner reflektierenden Hose den Weg. Wir kamen an eine Kreuzung und bogen nach rechts ab in die Invalidenstraße, eine der schönsten Durchgangsstraßen Berlins.

Rechts von uns klaffte eine riesige Baugrube, wo früher Skulpturen aus Sand ausgestellt worden waren.

Links von uns befand sich der Hamburger Bahnhof, ein Museum für zeitgenössische Kunst, ein Zauberraum, der imstande war, jede Mülltüte in Kunst zu verwandeln, sobald sie dort Eingang fand. An dem Tag fand darin ein »Soma-Projekt« statt. Auf großen Plakaten, die vor dem Museum hingen, waren Pferde, Pilze und Kanarienvögel abgebildet. Mein Onkel wollte wissen, was diese recht unterschiedlichen Lebewesen verband und worum es in der Ausstellung ging. Ich hatte sie mir in der Woche zuvor mit einem Freund zusammen angesehen, aber wenig verstanden. Es ging dabei anscheinend nicht um Pferde oder Pilze, sondern um ein Getränk namens Soma – angeblich ein Rauschgetränk der Ur-Arier, das ihnen nach regelmäßiger Einnahme eine besondere Nähe zu den Göttern sicherte, dessen Rezeptur jedoch zwischen den Jahrtausenden verloren gegangen sei, auf jeden Fall war es nicht eindeutig überliefert.

So, wie ich die modernen Arier kannte, hätte ich bei diesem Getränk auf Bier mit Korn getippt, doch der Künstler, der dieses Projekt durchführte, ging in seinen Untersuchungen viel weiter. Nach unzähligen Untersuchungen alter Schriften und Knochen war er zu dem Schluss gekommen, dass es Fliegenpilze waren, die, von Pferden gefressen, eine Rauschsubstanz in deren Urin bildeten. Und diesen haben die Ur-Arier dann wohl getrunken, um in die Nähe der Götter zu gelangen. Unklar blieb mir zunächst, welche Rolle die Kanarienvögel dabei spielten. Hatten die Ur-Arier vielleicht Kanarienvögel mit Zitronen verwechselt und sie als Geschmacksverstärker in ihre Drinks gepresst? Auf jeden Fall roch es im Hamburger Bahnhof sehr stark nach Urin, als wir die Ausstellung besuchten. Der Künstler hatte dort auf relativ engem Raum jede Menge Pferde und Kanarienvögel platziert, allerdings durfte man das fertige Produkt aus Gründen des Gesundheitsschutzes nicht kosten, dafür aber für 1000,– Euro ein Bett mieten und die ganze Nacht unter Pferden, Pilzen und Vögeln im Hamburger Bahnhof verbringen, um das Lebensgefühl der Ur-Arier am eigenen Leib zu spüren.

Mein Onkel hörte sich diese Geschichte an und sagte, er könne das Lebensgefühl der Ur-Arier gut nachvollziehen. Auch er habe schon mehrmals in seinem Leben in einem Pferdestall übernachtet, allerdings nicht für 1000,– Euro, sondern für umsonst. Im Übrigen fände er die deutsche Monumental-Architektur sehr liebenswert, fügte er hinzu. Ich staunte über den Architektur-Geschmack meines Onkels. Was konnte an diesen grauen Riesenklötzen liebenswert sein? Wir gingen gerade an einem solchen Gebäude, dem Sitz des Wissenschaftsministeriums, vorbei. Richtig ausgeschrieben hieß der Klotz Bundesministerium für Wissenschaft und Arbeit, wenn ich mich richtig erinnere.

Mein Onkel, der sich schon immer für die Wissenschaft interessiert hat und sogar selbst eine Zeit lang in einem geheimen sowjetischen Wissenschaftsinstitut als Aushilfshausmeister tätig gewesen war, blieb vor dem Ministerium stehen, als ich auf das Haus zeigte. Das Gebäude in der Invalidenstraße sah wie ein Grabmal aus, errichtet, um die Hoffnungen der Menschen auf baldige Rettung durch den Einsatz der modernen Wissenschaften zu beerdigen. Im zwanzigsten Jahrhundert hatten viele in der Wissenschaft die Antwort auf alle Fragen der Zukunft und Zivilisation gesehen, sie war der große Trumpf der Menschheit in ihrem Kampf um die Verbesserung der Welt gewesen, ein großes Versprechen, dass es eben doch geht: aus eigener Kraft diesen unvollständigen Planeten zu einem Paradies umzubauen, mit dem neu gewonnenen Wissen ein Reich des Glücks ohne Hunger und Not zu errichten. Zunächst schien alles möglich. Die verrücktesten Projekte wurden realisierbar: Jeder würde zum Mond fliegen, Mini-AKWs alle Probleme im Haushalt lösen. Nicht viel ist davon heute geblieben, die wissenschaftlichen Entdeckungen des letzten Jahrhunderts haben eigentlich nur Kinder und Musikliebhaber glücklich gemacht.

Früher in Odessa hatten wir mit meinem Onkel viel und oft über die großen wissenschaftlichen Themen diskutiert. Er hatte damals gerade ein Zimmer in einer Kommunalwohnung auf der Allee der Kosmonauten, und seine Nachbarn in den anderen Zimmern interessierten sich ebenfalls sehr für die Wissenschaft. Auf jeden Fall hatten sie in der gemeinsamen Toilette eine ganze wissenschaftliche Bibliothek an Büchern und Zeitschriften angesammelt. Wie jeder andere in der Wohnung verbrachte ich möglichst viel Zeit auf der Toilette mit der Lektüre der neuesten Zeitschriften. Es war der einzige Ort in der ganzen Wohnung, an dem man sich ungestört der Wissenschaft widmen konnte. Besonders faszinierte mich damals das Wissensmagazin *Japan heute*. Darin wurde von einer ganzen Reihe bahnbrechender Entdeckungen in Biologie und Medizin berichtet. Zwei davon sind mir bis heute in Erinnerung geblieben. Zum einen präsentierte die Zeitschrift kernartige Zahnimplantate, die im Mund des Patienten selbstständig und schnell zu richtigen Zähnen heranwuchsen. Zum anderen ging es um Mikroroboter, die in einer Kapsel vom Patienten geschluckt wurden. Im Körper des Patienten löste sich die Kapsel auf, die Mikroroboter setzten sich in Bewegung, erkannten krankes Gewebe und schnitten mit einer Mikroschere beispielsweise Krebszellen heraus.

Solche Nachrichten waren damals an der Tagesordnung. Nicht nur in Japan, auch in der Sowjetunion gab es jede Woche Wissenschaftliches zu bestaunen. Mal schossen wir eine Sonde zur Sonne, mal zum Mond. In Odessa gab es in einer Klinik bereits einen lebenden Affen mit einem künstlichen Herzen, und die Tuberkulose war am Verschwinden. Trotzdem traute mein Onkel nur den japanischen Wissenschaftlern zu, den ultimativen Durchbruch zu schaffen. Gemeint war damit natürlich die Unsterblichkeit.

»Ich beneide eure Generation«, sinnierte mein Onkel, wenn er nach mehrstündigem Studium der Zeitschriften die Toilette wieder verließ und ich schon darauf wartete, dass sie frei wurde. »Beim heutigen Stand der Forschung werdet ihr endlos und im Luxus leben.«

Ich habe ihm damals versprochen, an ihn zu denken, falls die Japaner in hundert Jahren auch noch ein Elixier erfanden, das Tote wieder zum Leben erweckte. Seitdem sind bereits mehr als dreißig Jahre vergangen, und mich beschleicht ein mulmiges Gefühl. Noch immer sterben Menschen an Krebs, viele laufen ohne Zähne herum, und alles fällt allen heraus. Und was machen die Japaner? Sushi! Entweder war diese Zeitschrift auf der Toilette meines Onkels eine Provokation des KGB, oder die Asiaten haben uns die ganze Zeit verarscht.

Zum Glück ist mein Onkel auch ohne japanische Elixiere noch guter Dinge. Schon mehrmals hat er mir von seiner Arbeit im Institut zur Erforschung der Spiegelung des Sonnenlichts berichtet. Die Lichtforschung stand in der Sowjetunion lange Zeit ganz oben auf ihrer Prioritätenliste. Die Kommunisten wollten diese Gottesschöpfung verbessern, sie brauchten mehr Licht. Im Alten Testament stand es schwarz auf weiß: »Es werde Licht«, soll der Schöpfer gesagt haben, und es wurde hell. Es wurde jedoch nur tagsüber hell. Nachts blieb es dunkel. Die Russen wollten das ändern. Nach der Revolution verspürten sie einen großen schöpferischen Drang und gaben sich alle Mühe mit der allgemeinen Verbesserung der Welt. Der neue verbesserte Mensch sollte in einer neuen verbesserten Umwelt leben und arbeiten, das war die sozialistische Vision. Nachdem den Russen der große Durchbruch bei der Eroberung des Weltalls gelungen war – sie hatten den ersten Menschen ins All geschossen –, schien es nur noch eine Frage der

Zeit zu sein, bis man die Sonnenstrahlung von einem halben Tag auf 24 Stunden erweitern konnte, und zwar mit Hilfe eines kosmischen Spiegels, der, zwischen zwei Satelliten aufgespannt, das Sonnenlicht auf die dunkle Seite der Erde lenkte. Damit wäre die sogenannte Nacht für immer abgeschafft und würde als Teil der dunklen Vergangenheit auf dem Müllhaufen der Geschichte landen.

Es wurde ein wissenschaftliches Institut zur Spiegelung des Sonnenlichts gegründet, das Projekt hatte hohe Priorität. Es wurde geheim gehalten und mit großer Aufmerksamkeit von der Regierung verfolgt. Jedes Jahr wurden ihr die Forschungsfortschritte vorgeführt. Es muss nicht extra betont werden, dass der sowjetischen Regierung auch die militärische sowie politische Bedeutung dieses Projektes bewusst waren. Durch den kosmischen Spiegel bekäme man die Macht über das Sonnenlicht und könnte es manipulieren. Es wäre also rein theoretisch auch möglich gewesen, den Spiegel so einzurichten, dass es nur in der Sowjetunion und in den anderen sozialistischen Ländern hell, in den kapitalistischen Ländern dagegen immer dunkel bleiben würde. Rein theoretisch. In der Praxis sollte es natürlich überall hell werden, auch in Amerika. Vielleicht nicht die ganze Zeit, sondern nur ein paar Stunden am Tag, zwischen 20.00 Uhr und 22.00 Uhr etwa.

Der kosmische Spiegel sollte natürlich kein Brett sein, kein Wandspiegel wie im Badezimmer. Ein solcher Spiegel würde im Kosmos sofort kaputtgehen – beispielsweise durch umherfliegenden kosmischen Staub beschädigt werden und zerbrechen. Und zerbrochene Spiegel brachten bekanntlich Unglück, das wusste jeder Russe. Deswegen wurde für den kosmischen Spiegel ein spezieller reißfester Stoff entwickelt, der aufgerollt ins All transportiert werden sollte, um dort ausgefaltet das Licht in die richtige Ecke der Erde zu spiegeln. 1971 startete die Rakete, die sich in einer bestimmten Position zu zwei Spiegelträgern befand, die den Spiegel aufziehen sollten. Trotz der exakten, mehrmals geprüften Berechnungen erwies sich jedoch die Spiegelwand als zu kurz, ihr fehlten gerade mal ein paar Meter. Das Experiment ging schief, der Abstand zwischen den Spiegelträgern war zu gering, sie verloren an Höhe und verbrannten. In Amerika wurde allerdings eine ungewöhnlich helle Nacht registriert, die später für einen Zombiefilm mit dem Titel *Die weiße Nacht von Minnesota* herhalten musste.

Ein zweiter Versuch, den kosmischen Spiegel ins All zu schicken, wurde nicht unternommen. Das Institut wurde geschlossen, die Wissenschaftler nach Hause geschickt. Viele von ihnen wollten mit ihrer Teilnahme an diesem geheimen Projekt später angeben, doch sie hatten nichts außer Erinnerungen vorzuweisen. Nur drei ehemalige Mitarbeiter hatten etwas mitnehmen können, berichtete mir mein Onkel vor dem deutschen Ministerium der Wissenschaft stehend. Der ehemalige Leiter des Instituts zur Spiegelung des Sonnenlichts, ein leidenschaftlicher Wanderer, der beinahe ganz Russland zu Fuß erkundet hatte, besaß ein Zelt, das nachts leuchtete. Es war die Sensation bei jedem Touristentreff. Die Frau des ehemaligen Hauptingenieurs hatte eine unheimlich schöne Handtasche, die man zugleich als Spiegel benutzen konnte. Niemand in der Stadt hatte etwas Vergleichbares, und alle Frauen waren neidisch. Der absolute Hammer war aber die Hose des Aushilfshausmeisters, meines Onkels. Sie leuchtete im Restaurant, wenn der Onkel eine Dame zum Tanz bat. Die ganze Tanzfläche stand still, wenn der Aushilfshausmeister tanzen ging, und sein Hintern warf Lichtblitze wie eine Diskokugel. Der Versuch, Gott gleich zu sein und das Licht umzulenken, war buchstäblich in die Hose gegangen. In die meines Onkels.

Der Untergang seines Instituts hat ihn aber nicht gebremst. Mein Onkel war ein Alleskönner und hat in seinem Leben mehr Berufe gewechselt, als im sowjetischen Berufsratgeber *Was will ich werden* aufgelistet waren. Ihn zu fragen, wie er zu dem einen oder anderen gekommen war, erwies sich stets als sinnlos. Mein Onkel konnte sich selbst nicht daran erinnern, er wusste jedoch noch, dass er in all seinen Berufen erfolgreich war. Obwohl Erfolg ein höchst subjektives Gefühl ist. Ich habe einmal ein Interview mit einem alten verdienten Pornodarsteller gelesen. Darin antwortete dieser Held der Arbeit auf die Frage, wie er es geschafft habe, so lange so unglaublich potent zu sein und niemals zu versagen: Er kenne nur zwei Möglichkeiten, in einem Beruf erfolgreich zu bestehen: Entweder trieb einen die Liebe oder der Hass. Er habe anfänglich mit Liebe zu arbeiten begonnen, doch schon bald hätte er den Job immer mehr gehasst. So wurde er zu einem perfekten Leistungsträger in seiner Branche. Natürlich könne man es mit Liebe versuchen, aber der Hass bringe einen weiter, wenn es um Leistung ging, erklärte der Pornodarsteller. In seiner Freizeit gehe er am liebsten angeln, denn das sei schon immer seine wahre Leidenschaft gewesen.

Als ich das las, musste ich unweigerlich an meinen Onkel denken, der einmal in einem Betrieb der Fischfangflotte gearbeitet hatte und ständig erzählte, er würde wegen der Fischerei nie eine Frau finden. Eigentlich sollte der Pornodarsteller doch lieber Fischer werden und der Fischer Pornodarsteller, oder sie sollten sich gelegentlich abwechseln, überlegte ich.

Seit meiner Kindheit kenne ich fast nur Menschen, die in falschen Berufen stecken und etwas anderes arbeiten als das, was sie sich eigentlich gewünscht haben. In der fünften Klasse kam der Schuldirektor meiner sowjetischen Schule mitten im Unterricht mit einem großen Tonbandgerät und einem Mikrofon zu uns in die Klasse. Erst hinterher habe ich erfahren, was für ein Streber unser damalige Direktor war: Nach dem Besuch des pädagogischen Instituts schrieb er an einer Doktorarbeit: »Die Grundlinien der beruflichen Orientierung der sozialistischen Jugend« – und dazu wollte er uns interviewen. Er wollte wissen, was wir werden wollten und warum. Wir waren froh, dass der langweilige Unterricht ausfiel, außerdem sahen die meisten Kinder so ein Tonbandgerät zum ersten Mal. Ich interessierte mich ebenfalls für die Entwicklung der sozialistischen Jugend und schrieb fleißig alles mit. Ich wollte auf diese Weise die Zukunft erahnen. Die Mädchen aus unserer Klasse entschieden sich allesamt für nützliche Berufe: Friseuse, Kinderärztin, Lehrerin und Köchin wollten sie werden. Gleich drei Mädchen wollten als Qualitätsprüferin bei einer Schokoladenfabrik arbeiten. Die Jungs dachten nur an die eigene Selbstdarstellung: Sie wollten Verkehrspolizisten, Bombenkonstrukteure, Auslandsspione und Kosmonauten werden. Einer wollte eine Offizierslaufbahn einschlagen, das war bei ihm jedoch familienbedingt. Sein Vater war Offizier und sein Großvater sogar General gewesen.

Ich glaube, meine Klassenkameraden haben sich nie ernsthaft Gedanken über ihre berufliche Zukunft gemacht, sie hatten es auf die schicken Uniformen abgesehen. Was kann schöner sein, als in einer Armeeuniform auf einem Panzer stehend über den Roten Platz zu fahren oder mit einem quergestreiften Stock und einer Mütze mit Kokarde an einer Kreuzung zu stehen oder noch besser in einem weißen Raumanzug im Mondlicht leuchtend an einer Raketenschraube zu drehen? Sie haben natürlich nie über die Risiken und Nebenwirkungen all dieser Berufe nachgedacht. Sie haben beispielsweise nicht bedacht, dass Verkehrspolizisten von so vielen Verkehrsteilnehmern gehasst werden, dass es sich negativ auf ihre geistige Gesundheit auswirkt, und dass Kosmonauten, die viel Zeit in der Schwerelosigkeit verbringen, monatelang nicht aufs Klo gehen dürfen. Stattdessen müssen sie sich jeden Tag an spezielle Kosmonautenmelkmaschinen anschließen, um sich mittels Schläuchen zu erleichtern, was unbequem und schmerzhaft ist. Das alles wussten meine Klassenkameraden nicht. Ihre Berufswünsche waren Ausdruck ihrer Leidenschaften, nicht des Pragmatismus – abgesehen von den Qualitätsprüferinnen in der Schokoladenfabrik vielleicht, bei denen Pragmatismus und Leidenschaft zusammenkamen. Wenn es nach meinen Klassenkameraden gegangen wäre, hätte unsere sozialistische Gesellschaft nur aus Helden bestanden und aus Frauen, die ihnen die Haare schnitten, das Fieber maßen und sie mit Schokolade fütterten. Es wäre eigentlich keine schlechte Gesellschaft gewesen.

Drei Jahre lang besuchte uns der Direktor immer wieder mit seinem Tonbandgerät. Die Berufswünsche veränderten sich über die Zeit kaum: Bei den Mädchen kam noch eine Tänzerin hinzu, bei den Jungs ein Zugführer und ein Lastkraftwagenfahrer. Ich bin dann von der Schule abgegangen, und auch der Direktor kam nicht mehr in unsere Klasse. Entweder hatte es ihm gereicht, er hatte seine Doktorarbeit erfolgreich mit unserer Hilfe abgeschlossen und wollte von uns nichts mehr wissen, oder er hat die Sache einfach aufgegeben. Auf jeden Fall interessierte es niemanden mehr, wer von uns was werden wollte.

Die Jahre vergingen, nach der Schule hatten wir kaum noch Kontakt untereinander. Das Einzige, was ich von meinen ehemaligen Mitschülern noch mitbekam, war, dass kein Einziger von ihnen in der Realität seiner Leidenschaft gefolgt war, abgesehen von dem Armeeoffizier. Aber der hatte das wie erwähnt auch im Blut. Sein Vater und Großvater hätten ihn wahrscheinlich gelyncht, wenn er nicht auch Offizier geworden wäre. Alle anderen hatten sich für Berufe entschieden, von denen in der Schule nie die Rede gewesen war. Sie studierten Jura, Buchhaltung oder Maschinenbau. Ganz viele haben irgendetwas mit Transport studiert, weil sich das Transportinstitut ganz in der Nähe befand. Ich glaube, vielen war es nach der Schule egal, welchen Beruf sie letzten Endes ausübten, ihre Lebensträume waren davon völlig unabhängig. Also gingen sie mit ihren Freunden zusammen in ein Institut, um ihnen ein wenig Gesellschaft zu leisten, oder sie ließen sich von ihren Eltern überreden, etwas »Vernünftiges« zu lernen. Die Mädchen trauten sich nicht in die Schokoladenfabrik, die Jungs verzichteten auf den Kosmos, sie lernten lieber etwas »Vernünftiges«. Und kaum waren sie mit dem Studium fertig, da wechselte das politische System im Land: Fast alle im Sozialismus erlernten Berufe taugten plötzlich nichts mehr. Alles, was früher schwer vernünftig schien, wurde auf die neue kapitalistische Waage gelegt und für viel zu leicht befunden.

Im Sozialismus ging man auch nicht des Geldes wegen zur Arbeit. Es wurde jedem Bürger nur deswegen eine regelmäßige berufliche Tätigkeit abverlangt, damit er nicht zu viel Freizeit hatte, also um ihn zu disziplinieren und damit die Regierung immer wusste, wo ihre Bürger steckten. Im Kapitalismus ist der Sinn jedes Berufs, Geld zu verdienen. Die sozialistischen Buchhalter, Juristen, Offiziere, Pädagogen, Transportspezialisten und eine ganze Armee von Experten für automatische Produktionslinien von irgendetwas, sie alle saßen in der Klemme und mussten schnell ihre gerade erlernten Berufe vergessen, um etwas wirklich Solides anzufangen. Zum Studieren hatten sie keine Zeit und kein Geld mehr. Also pfiff die Schokoladenfabrikträumerin auf ihren Buchhalterjob und machte ein Restaurant für Kinder auf. Der Transport-Ingenieur, der davon geträumt hatte, im Ausland zu spionieren, eröffnete ein Reisebüro, der Jurist wurde Kleiderverkäufer, der Buchhalter Musikmanager, der Offizier »Security« in einer Bank, und der Kosmonaut arbeitete als Makler für eine Immobilienfirma. Es gab keine Logik bei diesen Entwicklungen. Im Berufsleben meiner Generation kam alles durcheinander. Die einen haben ihre Leidenschaft wiedergewonnen, die anderen sind unter Druck geraten. Immerhin lebten sie jetzt in einer Leistungsgesellschaft, die von jedem Bürger vollen Einsatz in angepasster Sklavenarbeit erwartete. Wahrscheinlich hassten jetzt viele ihren Beruf. Ich glaube, dass die meisten Manager ihren Hass jeden Tag eine halbe Stunde lang auf der Toilette herausschreien müssen, um weiter leistungsfähig zu bleiben. Nur in seltenen Momenten des Lebens gelingt es uns, aus der Leistungsnot mit Leidenschaft herauszukommen.

»Lass uns einen Tee trinken, ich brauche eine Pause, muss etwas Luft holen«, sagte mein Onkel. »Zum Beispiel in diesem netten Laden dort. Wir werden nichts groß bestellen, nur fünf Minuten sitzen, einen Tee geben sie uns bestimmt umsonst.«

Er zeigte auf ein Café, das aus einem Jugendhotel auf der Invalidenstraße herauswuchs. Man sah daran, dass Berlin sich zunehmend in eine Touristenmetropole verwandelte. Immer mehr Kneipen hatten nachts auf. Wir gingen rein, und siehe da: Alte Bekannte – die Reiseunternehmer aus dem Russenzug – saßen mit Biergläsern am Tresen und tauschten weiter ihre reiseunternehmerischen Erfahrungen aus.

»Das ist alles schön und gut«, sagte ein asiatisch aussehender Kollege, »aber die Zukunft der Branche liegt bei uns in Kirgisien. Denn wir haben Pegasus-Safari, und nichts ist spannender als eine richtige Pegasus-Safari.«

»Was ist, bitte schön, eine Pegasus-Safari?«, fragten ihn die anderen.

»Das sind diese großen Murmeltiere, die wie kleine Pferdchen aussehen«, erklärte der Kirgise.

»Ich habe schon mal davon gehört«, bestätigte ein Kollege nachdenklich. »Aber auch, dass es schon mehrmals vorgekommen ist, dass ganze Reisegruppen ihr Geld zurückverlangten. Sie irrten verloren in der Steppe herum, zwei, manchmal drei Wochen lang, entdeckten aber keinen einzigen Pegasus.«

»Geben Sie zu, es gibt in Wirklichkeit gar keine Pegasen, Sie haben sich Ihre Jagd ausgedacht, um Touristen anzulocken«, lachten die Kollegen den kirgisischen Unternehmer aus. »Diese Pegasen existieren bloß als volkstümlicher Ausdruck für ein Delirium. Wenn ein Kirgise so betrunken ist, dass er nicht mehr gerade stehen kann, dann sagt man dort: Er geht Pegasen jagen.«

»Nein, es gibt sie«, insistierte der Kirgise laut und beleidigt. »Sie sind bloß unheimlich schlau, sie können ihre Körpertemperatur senken und riechen einen Menschen aus großer Entfernung. Außerdem sind sie schnell und intelligent, nicht umsonst hat man sie nach Pegasus, dem Zauberpferd der Poeten, benannt.«

Der Älteste am Tisch, wahrscheinlich der Chef der Gruppe, blickte nachdenklich in die Runde und fragte: »Haben Sie schon mal einen Pegasus ausgestopft?«

»Nein«, lächelte der Kirgise, »noch nie.«

»Na, sehen Sie?«, meinte der Chef triumphierend. »Für den Anfang schnüre ich als Angebot für den Westen ein Standardpaket – aus einer Ziege und einem Bären.«

Die wichtigsten Gedanken kommen einem in der Kneipe

Eine blondierte, etwas verschlafene Kellnerin begrüßte uns und half mir, den Koffer meines Onkels hinter dem Zeitungsständer neben dem Ausgang zu platzieren. Mein Onkel setzte sich mit sichtbarer Erleichterung an den Tresen. Ich blätterte die Speisekarte durch auf der Suche nach einem passenden Getränk. Der naive Glaube meines Onkels, wir würden in einem Berliner Café etwas umsonst bekommen, wunderte mich überhaupt nicht. Ich verbuchte diesen Glauben als eine Art Sehnsucht nach den verlorengegangenen Errungenschaften des Sozialismus. In der Sowjetunion hat man keinen Kult aus Essen gemacht, es gab zwar nie zu viel, doch einiges gab es tatsächlich umsonst. Bereits ab den Sechzigerjahren war zum Beispiel das Brot in den russischen Kantinen kostenlos. Es lag dickgeschnitten auf großen Tabletts neben der Kasse oder auf Tellern auf dem Tisch. Auch Salz, Pfeffer und Senf gab es umsonst dazu.

Mein Onkel, ein Mann bescheidener Bedürfnisse und noch bescheidenerer Einkünfte, mochte die kommunistischen Senfstullen sehr. Er ging in die Kantine, schmierte sich Senf aufs Brot, bestellte aus der Küche heißes Wasser oder sogar richtigen Tee dazu, den es ebenfalls kostenlos gab, und dachte, dies sei der Kommunismus. In seinem Weltbild konnte es sowieso nichts Besseres als diesen Senfbrotkommunismus geben, und der war längst eingeführt. Sein Freund und Kollege Gruber, ein Russlanddeutscher, nahm ebenfalls beim Mittag in der Kantine der Schiffsbauer am Hafen jedes Mal ein halbes Stück Brot und legte den Rest zurück auf den Brotteller. Iss gefälligst alles, drohten ihm seine Kumpel. Gruber aber meinte, nein, er brauche nur die Hälfte. Solle doch ein anderer Hungriger die andere Hälfte nehmen.

Natürlich gab es auch in diesem Kommunismus Missbrauchsfälle. Manchmal kamen Zigeuner und aßen das ganze Brot weg, den Senf nahmen sie mit. Oder ideologisch Schwache versuchten, ihre Taschen mit Broten zu füllen, um Vögel im Park damit zu füttern, oder irgendwelche Kinder bewarfen einander aus Langeweile mit Brotkugeln. Trotz all dieser Widrigkeiten hat sich der Brauch, bestimmte Lebensmittel kostenlos anzubieten, sehr lange gehalten – bis diese von Menschen konstruierte Welt zusammenbrach und das Brot, der Senf sowie die Kantinen verschwanden. Seitdem gibt es in Russland nicht einmal mehr einen Fliegenschiss für umsonst.

Inzwischen weint kaum noch jemand dem Senfkommunismus eine Träne nach. Es ist allerdings noch zu früh, um beurteilen zu können, ob sich das Ganze im

Geringsten gelohnt hat und ob überhaupt noch irgendetwas aus dieser Zeit bewahrenswert ist. Ein Löffel Senf? Ein Brotkrümel? Das Böse der vergangenen Zeit ist mit dem Guten verwachsen, einer Menschenhand wird es nicht mehr gelingen, sie voneinander zu trennen. Es wird mit der Zeit immer weniger Menschen geben, die sich an den Geschmack der sozialistischen Produkte genau erinnern. Aus ihrer Nostalgie schlägt man Kapital, ihre eigene Vergangenheit wird ihnen quasi noch einmal als belegte Stulle angeboten. Russische Lebensmittelläden sind voll von Nostalgie-Produkten, von Schokoladentafeln, Wurst oder Käse mit dem Etikett »Genau wie damals«. Es wird mit solch hinterhältigen Sprüchen geworben wie »Längst vergessener Geschmack Ihrer Jugend« oder »Die authentische sowjetische Wurst« oder »Das Frühstück Ihrer Kindheit«. Doch alle diese Produkte sind Fälschungen, sie sehen anders aus, sie riechen anders, und schmecken tun sie überhaupt nicht. Sie wurden nicht aus Träumen von einer besseren Welt, sondern aus Gier und Pragmatismus gebacken.

Sowjetische Lebensmittel waren dagegen aus einer Ideologie entstanden und deswegen leicht verderblich. Die Produkte hielten nicht lange, das frische Brot war schon am nächsten Tag trocken, während ein westliches Gummibrötchen wochenlang bei uns auf dem Kühlschrank liegen kann, ohne sich äußerlich zu verändern. Die Haupteigenschaft der damaligen Lebensmittel war ihre Zartheit, fast Durchsichtigkeit, als würden sich diese Produkte genieren, zu existieren. Jede Sekunde drohten sie zu verschwinden. Sie kosteten nichts, kamen aus dem Nichts und hatten bloß eine Aufgabe: das Volk mehr oder weniger fit durch die damals angekündigte Übergangsphase vom entwickelten Sozialismus zum Kommunismus zu bringen. Kurzum, es waren Wundermittel. Wie zu Moses' Zeiten, als plötzlich mitten in der Wüste nahrhafte Delikatessen – Manna – auf das Volk niederregneten, oder später, als Jesus gewöhnliches Wasser in guten Wein verwandelte und eine ganze Hochzeitsfeier damit versorgte.

In der Sowjetunion wurden mit Lebensmitteln wahre Wunder vollbracht, wobei diese Wunder allerdings einen antireligiösen Charakter hatten: Unsere Lebensmittel mehrten sich nicht, im Gegenteil. Wie die leeren Versprechungen der Ideologie lösten sich beispielsweise sozialistische Nudeln ganz im kochenden Wasser auf, weil das richtige Verhältnis zwischen der Nudelidee und dem Nudelgehalt, zwischen der Stärke und dem Mehl nicht aufrechterhalten werden konnte. Dazu muss gesagt werden, dass die Nudeln sich vor allem in der Provinz auflösten, unsere Moskauer Nudeln hielten durch. Das richtige Verhältnis zwischen Stärke und Mehl sollte, wenn ich mich nicht irre, 50/50 sein. Wenn sich aber durch engagiertes Mitwirken der Mitarbeiter einer Nudelfabrik der Anteil des Mehls reduzierte, konnte die Hausfrau gleich drei Packungen in den Topf schmeißen, am Ende kam dabei nur Tapetenkleister heraus.

Mir ist einmal Ähnliches mit sogenannten Moskauer Würsten passiert, die ich zusammen mit meinem

Freund M. – wir waren damals beide obdachlos und arbeitslos – in der Küche seiner Freundin kochte. M. hatte ein Kilo dieser Moskauer Würste gekauft. Wir lösten sie erst aus der Pelle und warfen sie dann in kochendes Wasser. Äußerlich sahen die Würste sehr gut aus, knallrot und durchaus appetitanregend. Wie drei hungrige Hunde standen M., seine Freundin und ich am Gasherd und schauten ungeduldig auf den Deckel. Nach drei Minuten, der empfohlenen Minimalzeit für das Würstekochen, nahmen wir den Deckel ab: Der Topf war mit einer roten Brühe gefüllt, die Würste waren in die innere Emigration gegangen. Der original sowjetische Schmelzkäse mit dem knalligen Namen »Mit Zwiebeln« schmolz mir einmal einfach durch das Brot weg. Nur das, was von der Zwiebel übrig blieb, konnte man noch an der Oberfläche erkennen.

Das Hauptwunder der sowjetischen Gastronomie stellte jedoch die Margarine dar. Man kaufte sie nicht direkt zum Essen, sondern verwendete sie zum Kartoffelnbraten, um dabei die teure Butter zu sparen. In dieser Funktion benahm sich die Margarine jedoch äußerst verräterisch. In die heiße Pfanne geworfen imitierte sie zunächst völlig übertrieben die Butter, brutzelte und zischte, wuchs zu einer großen Blase heran, die schließlich platzte und eine so sauber glänzende Pfanne zurückließ, als wäre nie Margarine drin gewesen. Heute denke ich, auch alle postsozialistischen Lebensentwürfe waren derart labil und von äußeren Zwängen abhängig. Sie konnten nur in einem künstlichen Raum ent- und bestehen, in einer Orangerie aus Glas, von Stacheldraht umzäunt. Sie waren zart und launisch, diese Existenzweisen.

So weit ich zurückblicken kann, war ich als junger Dissident ständig auf der Suche nach westlich aussehenden Lebensmitteln. In den Achtzigerjahren begann in der Sowjetunion die Produktion der Käsemarke Roquefort. Der Käse mit dem erotisch klingenden französischen Namen sollte die Lebensfreude in der Sowjetunion steigern. Er wurde allerdings nur in den beiden Hauptstädten des Landes, in Moskau und in St. Petersburg, verkauft. Die Bewohner der russischen Provinz waren nach Meinung der Machteliten noch nicht reif für diesen Käse. In unserem Moskauer Lebensmittelmarkt lag der Roquefort frei zugänglich auf einer extra Vitrine, von anderen sozialistischen Produkten getrennt. Nur wenige wagten, ihn zu probieren. Ich mochte Roquefort sehr. Jedes Mal, wenn ich ein Stück davon kaufen wollte, sprach die Verkäuferin vertraulich eine Warnung aus:

»Natürlich kann ich Ihnen eine Ecke von diesem Käse abschneiden«, sagte sie. »Aber ich muss Ihnen gleich sagen: Der ist ein bisschen verschimmelt.«

Diese idiotische, aber auch skurrile Bemerkung machte mir den verschimmelten Käse noch schmackhafter. Meine Vorliebe für Roquefort hat sich mit den Jahren nicht abgeschwächt, ebenso wenig meine Freude an skurrilen Bemerkungen, Fragen oder Aufforderungen. Niemand sonst, den ich kannte, konnte meine Vorliebe für Schimmelkäse teilen, ich war einer der sehr wenigen Schimmelkäsefreunde. Die Erwachsenen standen mehr auf flüssige Produkte, die Jugend begehrte Kaugummis. Viele aus meiner Generation wuchsen daher als äußerst schweigsame Menschen auf. Sie konnten nicht reden, sie kauten. Dabei war der sowjetische Kaugummi hart wie Stein. Ich kann mich noch an drei Sorten erinnern: Kirsche, Zitrone und Apfelsine. Sie sahen alle gleich aus, hatten die Farbe von Zement, schmeckten wie Zement und hatten auch beinahe dieselbe Wirkung. Auf jeden Fall verklebte dieser Kaugummi den Mund schon nach zwei Minuten und machte jegliche Kommunikation mit der Welt unmöglich.

Wenn uns die sozialistische Diktatur mit ihrem Kaugummi mundtot machen, zum Schweigen bringen wollte, dann ist ihr das gelungen. Manchmal gab es als Alternative zum sowjetischen Kauvergnügen chinesischen Kaugummi auf dem Markt. Die chinesischen Kaugummis waren noch langlebiger als unsere, außerdem steckte in jeder Packung ein Aufkleber mit asiatischen Bikinischönheiten. Auf diese Aufkleber waren viele scharf, sie verschönten uns das öde Leben. Kinder wie Erwachsene freuten sich über diese Frauen, die sie sammelten und untereinander tauschten.

Einmal besuchten wir mit Verwandten meine verstorbene Oma in Odessa auf dem Friedhof. Der Onkel war ebenfalls dabei. Meine Oma war gerade vor einem Jahr gestorben, und die Familie fuhr beinahe vollzählig zum Friedhof, um sich gemeinsam an sie zu erinnern.

Dieser Friedhof lag außerhalb der Stadt, sah unglaublich langweilig aus und ist mir als finsterer Ort in Erinnerung geblieben. Man sah keine Bäume, keine Geschäfte oder Menschen, nur Grabsteine, so weit das Auge reichte. Wir versammelten uns vor Omas Grabstein, die Erwachsenen stellten Blumen in ein Glas, schaufelten den Schnee zur Seite, abschließend tranken sie einen Schnaps zum Gedenken an die Oma.

Meine damals zehnjährige Cousine Jana und ich langweilten uns auf dem Friedhof zu Tode. Wir konnten es nicht erwarten, diesen Ort endlich wieder zu verlassen. Als unsere Eltern bereit waren zu gehen, holte Jana plötzlich eine chinesische Kaugummipackung aus der Tasche, entnahm ihr einen der Aufkleber und drückte ihn zum Abschied auf den Grabstein. »Langweile dich nicht, Oma«, sagte sie. Die Erwachsenen blieben wie versteinert stehen, so unerwartet frech kam das. Keiner hat so etwas von Jana erwartet. Nur mein Onkel lachte auf. »Ich sehe schon die Pubertät kommen«, sagte er zu Janas Mutter, Tante Wanda. Danach gaben sich die Erwachsenen große Mühe, mit einem Messer und einem Schlüsselbund die halbnackte Asiatin wieder vom Grabstein abzukratzen. Die chinesische Kleber-Qualität war schon damals sehr hoch, mit keiner russischen zu vergleichen. Daher blieben trotz aller Anstrengungen Teile der Asiatin – ihr Knie, ein Stück vom Bikini und ihr Lächeln – am Grabstein kleben. Meine Cousine Jana musste dafür büßen: Sie musste am gleichen Abend zu Hause im Wohnzimmer drei Stunden lang mit dem Gesicht zur Wand in einer Ecke stehen und durfte die Sendung »Gute Nacht, Kleine« um 20.15 Uhr nicht sehen, die von einem Schweinchen und einem Hündchen moderiert wurde. Ich habe ihr später alles nacherzählt.

Solche antipädagogischen Erziehungsmethoden waren in der Sowjetunion durchaus üblich. Die Erwachsenen gaben sich nicht die Mühe, als Vorbild für das eigene Kind aufzutreten. Sie konnten selbst ein völlig unmoralisches Leben führen, ihre Kinder aber wegen jeder Kleinigkeit zur Verantwortung ziehen und bestrafen. Während Jana weinend in der Ecke stand, saß die ganze Verwandtschaft mit Schnaps, Zigaretten, Gitarre und Akkordeon in der Küche und gedachte im Vollrausch der verstorbenen Oma. Während sie in der Küche lärmten, klaute ich für Jana Vitamin-C-Kügelchen aus dem Apothekenkasten ihrer Mama. Von ihr bekam Jana nur ein Kügelchen pro Tag, von mir durfte sie gleich die ganze Packung haben als Ersatz für den beschlagnahmten Kaugummi.

Wenn ich heute zurückblicke, stelle ich fest, ja, wir waren schlecht erzogen. Aber unsere Eltern doch auch! Die meisten Benimmregeln, die Grundsteine der Erziehung, wurden vor allem im Literaturunterricht auf uns abgeworfen – in Form von Fabeln. In meiner sozialistischen Schule mussten wir mindestens drei dieser Fabeln auswendig lernen. In jeder ging es um unglückliche, zurückgebliebene Tiere, Vögel und Insekten, die einander hassten. In *Der Schwan, der Krebs und der Hecht* zum Beispiel wurden obengenannte Lebewesen vor einen Karren gespannt, den sie nach dem bösen Willen des schadenfrohen Fabelschreibers zusammen ziehen mussten. Sie konnten sich aber wegen ihrer unterschiedlichen Fortbewegungsarten nicht koordinieren. Der Schwan wollte fliegen, der Hecht schwimmen, der Krebs rückwärts kriechen. Die Moral dieser Fabel war, glaube ich, klar: Nur zusammen können wir die Karre aus dem Dreck ziehen, nicht als einzelne freie Bürger, sondern als gemeinsames großes sowjetisches Volk. Man sollte sich also nicht um sein eigenes kleines Glück kümmern, sondern um das Wohl des ganzen Karrens, des Staates genauer gesagt. Der Vogel, der Fisch und das Krustentier glaubten, dass jeder für sich seinen Weg gehen dürfe. Sie nahmen an, dass jedes Wesen allein und auf seine Weise auf dem krummen Pfad des Lebens wandeln könne, ohne Reisebus, ohne Reisegruppe, ohne irgendwelche Reiseführer, die ihnen die Sehenswürdigkeiten links und rechts erklärten und die Richtung wiesen. Aber dem Fabelschreiber gefielen sie als eingespannte Nutztiere besser.

In der zweiten Fabel ging es um eine dumme Krähe und einen schlauen Fuchs. Die Krähe saß auf einem Baum und hielt ein Stück Käse im Schnabel. Der schlaue Fuchs schleimte sich bei ihr mit der Bemerkung ein, die Krähe sei bestimmt eine tolle Sängerin. Die machte daraufhin den Schnabel auf, um zu singen, der Käse fiel herunter und wurde vom Fuchs gefressen. Die Moral dieser Fabel ist mir heute nicht mehr präsent, wahrscheinlich so etwas wie »Singe nie mit vollem

Mund« oder Ähnliches. Sie ist mir schon damals unverständlich gewesen. Warum soll man nicht singen, wenn man Lust dazu hat? Ich denke, Krähen sind in Wirklichkeit viel klüger als Fabelschreiber. Außerdem glaube ich, Füchse essen gar keinen Käse.

Die dritte Fabel, die wir lernen mussten, war gleichzeitig die umstrittenste von allen: Sie hieß *Die Libelle und die Ameise*. Beide Insekten unterschieden sich rasant in ihrer Lebenshaltung. Die Ameise hatte den ganzen Sommer geschuftet wie ein Arbeitsheld in der Kolchose, während die Libelle ihr Leben als endlose Party in der Sonne genoss. »Na warte«, dachte die Ameise. »Die kalten Tage werden kommen, dann schauen wir, wer besser dran ist.« Und so geschah es dann auch. Der Winter kam, aber die Ameise hatte vorgesorgt und konnte satt und warm überwintern. Die Libelle bat bei ihr um Asyl, bekam eine Absage und starb im Schnee. Unsere Sympathien waren stets auf der Seite der Libelle. Die verräterische Ameise benahm sich wie ein perverser Geizkragen, deren ganzer Lebenssinn darin bestand, durch den Tod der Libelle ins Recht gesetzt zu werden.

Während meiner Schulzeit gab es mehrere selbstgedichtete Fortsetzungen dieser Fabel, bei denen die Libelle im Winter nicht starb. Stattdessen fuhr sie in einem gut beheizten Jeep an der noch immer ackernden Ameise vorbei und rief ihr zu, sie habe dieses fabelhafte Landleben satt und ziehe nun nach Moskau. »Wenn dir dort zufällig unser Autor begegnet«, rief ihr die Ameise hinterher, »bestell ihm bitte von mir, er ist ein Arschloch!«

Im Kapitalismus ist die libellische Lebenseinstellung, soweit ich das beurteilen kann, trotz des amerikanischen Traums ebenfalls populär. Sogar in Deutschland, dem Land des Fleißes, wollen mehrere großwüchsige Mädchen in der siebten Klasse des Gymnasiums meiner Tochter nicht, sagen wir mal, Tierärztin, sondern It-Girl werden, MMMs auf Deutsch – »Mädchen mit Medienpräsenz«. Sie besitzen noch keine eigenen Erfahrungen auf diesem Gebiet, haben aber schon kein Vertrauen mehr in die Kräfte der Natur und wollen sich deswegen bereits jetzt die Brüste vergrößern lassen, für alle Fälle, statt zu warten, wie weit sie sich von alleine entwickeln. Sicher ist sicher. Danach wollen sie ein wenig als Model arbeiten und dann eine Karriere als multimediale Erscheinung starten.

Ihr größtes Vorbild ist Paris Hilton, diese Libelle unseres Sommers, der Begleitservice für Millionen. Streng genommen ist sie keine Libelle, der es nur um den Spaß geht. Sie ist eine Fabelfigur der Neuzeit. Paris Hilton hat eine wichtige gesellschaftliche Funktion, sie produziert Nachrichten und dient vielen Menschen als Gesprächsstoff. Sie ist der »Streit am Wochenende«, wie man solche Medienfiguren im kaukasischen Dorf meiner Schwiegermutter nennt.

In der pragmatisch angelegten Nutztierwelt dieses Dorfes gibt es ebenfalls eine Paris Hilton. In dieser Funktion tritt hier der Ziegenbock Kusja auf, der eine große Präsenz besitzt und die volle Aufmerksamkeit der Dorfbevölkerung genießt, ohne etwas Gescheites zu produzieren. Anders als die anderen Nutztiere im Dorf bringt Kusja der dortigen Landwirtschaft keinen direkten Gewinn – er legt keine Eier, gibt keine Milch und liefert kein Fell. Aber er ist im dörflichen Leben so überpräsent wie Stefan Raab im deutschen Fernsehen. Überhaupt ist Kusja das am häufigsten anzutreffende Tier in der Gegend und schart laufend neue Zuschauer um sich, vor allem kleine Kinder und alleinstehende Rentner. Kusja baut ständig Mist. Er neigt dazu, die Regeln des Dorflebens zu brechen, sich in fremden Gärten auszutoben oder die Wäsche eines Nachbarn von der Leine zu zerren. Er liebt es, die Aufmerksamkeit seiner Umgebung auf sich zu ziehen. Genau wie Paris Hilton hat auch Kusja seine Kritiker und Befürworter. Die einen bemitleiden ihn, die anderen schimpfen über ihn, aber alle warten ungeduldig, was er als Nächstes anstellt.

So wie Kusja haben auch wir nichts Vernünftiges jenseits der Fabeln gelernt und sabotierten das Wissen unserer Väter und Großväter. Dabei waren viele von ihnen voll von Weisheiten aller Art. Diese Menschen hatten vom Schicksal die härteste Zeit zugewiesen bekommen, manche hatten Revolution, Bürgerkrieg, Weltkrieg, mehrere kleine Zwischenkriege und die Industrialisierung erlebt, die mehr Menschenleben forderte als ein Krieg und im Großen und Ganzen unter dem Motto »Lagerarbeiter! Lass in den Flammen deines Arbeitseinsatzes deine Strafe schmelzen!« stattfand. Diese Menschen waren schon deswegen Helden, weil sie das alles überlebt hatten. Und natürlich hätten sie uns viel beibringen können, wenn wir nicht so faul und blöd gewesen wären.

Auf dem Hof vor dem Haus meines Onkels saßen bei gutem Wetter drei solche Weise an einem großen Holztisch. Einer davon war mein Onkel selbst, ein schweigsamer, nachdenklicher Mensch. Seine letzte Arbeitsstelle war die eines Buchhalters bei einem Hafenbetrieb der Schiffsflotte, wo er für die Finanzströme innerhalb der Flotte sorgte. Mein Onkel konnte damals mit ernster Miene tolle Tricks zeigen. Zum Beispiel krempelte er einen Ärmel hoch, nahm eine Fünfkopeken-Münze, presste sie auf seinen Unterarm und rieb sie in die Haut ein. Die Münze verschwand auf mysteriöse Weise vor aller Augen, sie löste sich unter den Fingern meines Onkels einfach auf. Der demonstrierte stolz seine leeren Hände und holte gleich darauf dieselbe Münze aus seiner eigenen Hosentasche, oder er fand sie bei einem Kind hinter dem Ohr, jedenfalls immer an einem Ort, wo es bis dahin nie irgendwelche Münzen gegeben hatte. Er war ein Magier, ein Zauberer. Dementsprechend magisch stellte ich mir seine Buchhaltertätigkeit vor. In meiner Phantasie saß der Onkel auf der Führungsetage im Hafen und rieb sich die Gewinne der Flotte Münze für Münze in die Unterarme ein. Es war eine harte, aber notwendige Arbeit.

Sein Kumpel Eduard, der Zweite am Holztisch, konnte

mit den Ohren wackeln. Er hatte laut Gerücht bei der ersten Judo-Weltmeisterschaft 1956 Bronze geholt und war überhaupt sehr sportlich. Onkel Eduard hatte besondere Ohren. Sie waren krumm gewickelt und ungeheuer beweglich. Ich glaube, in Gestalt von Onkel Eduard hatte die Natur etwas ganz Neues, Revolutionäres versucht, das Experiment dann aber aus unerfindlichen Gründen frühzeitig abgebrochen. Für uns waren die sportlichen Erfolge von Onkel Eduard kein Gerücht. Niemand konnte gegen einen mit den Ohren wackelnden Kämpfer bestehen, jeder würde sofort vor Lachen umfallen, dachten wir.

Der Dritte in der Runde auf dem Hof war der verdiente alleinstehende Rentner Kowalew aus der Wohnung Nummer 77, ein ehemaliger Raketenentwickler. Er musste früher zu jedem Raketenstart von Odessa nach Kasachstan fahren, zum Kosmodrom Baikonur. Kowalew konnte bei jedem Wetter, in Regen und Wind, Streichhölzer anzünden. Er verbarg das Streichholz auf eine besondere Weise in seinen Händen, sodass es sogar im Regen bis zu Ende brannte. Ich hielt ihn daher für den Raketenanzünder. In meiner Vorstellung war der Ingenieur Kowalew der wichtigste Mann auf Baikonur. Er war derjenige, der mit einem brennenden Streichholz zur Rakete kroch und sie durch Anzünden zum Starten brachte. Gott weiß, wie viel wir von diesen Menschen hätten lernen können, deren aktive Arbeitsphase längst vorbei war. Nun saßen sie auf dem Hof in der Sonne, tranken Bier aus Dreilitergläsern, spielten Domino und versuchten ab und zu, der heranwachsenden Generation ein paar Weisheiten unterzujubeln. Aber wir waren, wie gesagt, zu faul und zu blöd und haben nichts von ihnen angenommen. Die Weisheit der Väter und Großväter ist an mir vorbeigegangen. Ich kann keine Münzen in meinen Unterarm einreiben, ich schaffe es wahrscheinlich auch nicht, mit einem Streichholz eine Rakete zu zünden. Ich kann nicht einmal mit den Ohren wackeln! Nur mit den Augen zwinkern.

Ich nahm einen Rotwein für mich, einen Schnaps und einen Tee für meinen Onkel.

»Kannst du eigentlich noch wie damals das Geld in die Arme einreiben?«, fragte ich ihn.

Er lächelte.

Unsere Werte

»Lass uns zahlen«, sagte ich zu meinem Onkel. »Dann gehen wir langsam weiter. Oder vielleicht könnten Sie uns ein Taxi rufen?«, fragte ich die sympathische Kellnerin, als sie uns den Kassenbon brachte.

Ich hatte nichts gegen einen Spaziergang, es war auch gar nicht so weit vom Bahnhof bis nach Hause, doch mein Onkel sah müde aus, und die Vorstellung, seinen Koffer mit Steinen die ganze Invalidenstraße entlang über die Bürgersteige zu rollen, machte mich etwas unsicher.

»Können Sie uns ein Taxi besorgen?«, wiederholte ich meine Frage.

»Nein, kann ick nich«, sagte die Kellnerin auf freundlich berlinerische Art. »Ick kenne die Nummer nicht, ick selbst fahre nämlich keen Taxi. Aber hier gleich um die Ecke am Döner-Paradies ist ein Taxistand, da stehen immer welche, das weiß ick genau.«

»Gut, wenn Sie sicher sind, gehen wir zum Döner-Paradies«, nickte ich.

»Sicher bin ick nie, aber da stehen eigentlich immer Taxen«, meinte die Frau. »Dat würde mich wundern, wenn da keine Taxen stehen, kann aber auch passieren. Man muss heutzutage auf alles gefasst sein, nichts ist sicher, aber die Hoffnung stirbt zuletzt, nicht?«, meinte sie philosophisch. »Wenn um die Ecke keine Taxen stehen, könnt ihr jederzeit zurückkommen, wir haben bis um fünf Uhr früh auf«, lächelte sie uns an.

Ich dankte für die Einladung und sammelte das nötige Kleingeld aus meinen Taschen, um die Rechnung zu begleichen. Der Onkel betrachtete die Münzen auf dem Tisch mit numismatischem Interesse. In Russland werden zwar offiziell noch Münzen hergestellt, sie gehören praktisch aber längst der Vergangenheit an. Durch die ständige Geldentwertung sind sie sinnlos geworden. Rubel und Kopeken werden nicht einmal mehr Bettlern zugemutet. Früher in der Sowjetunion konnte man dagegen mit Hartgeld große Einkäufe machen. Ein Brötchen, das heute dreißig Rubel kostet, kostete in der Sowjetunion drei Kopeken, eine Schachtel Streichhölzer war nur eine Kopeke wert. Als Kinder hatten wir nie Papiergeld in der Tasche, unser Alltag war ein Kopeken-Leben. Alles, was uns interessierte – Milchcocktails, Zigaretten, Eis, Kino – kostete ein paar Kopeken.

Wahrscheinlich erinnerten die deutschen Münzen meinen Onkel an frühere Zeiten. Er drehte sie, schaute den komischen dicken Adler an, wog sie vorsichtig auf der Hand. Tatsächlich hatten die europäischen Silber- und Kupfermünzen eine gewisse Ähnlichkeit mit unseren sowjetischen Kopeken, die eigentlich nur als Übergangswährung zu einer geldlosen kommunistischen

Gesellschaft dienen sollten, einer Zukunft, in der jeder nach seinen Fähigkeiten geben und nach seinem Bedürfnissen nehmen durfte, ohne dafür zu zahlen. Daraus ist nichts geworden, der Traum ist geplatzt. Seitdem vertrauen die Russen ihrer Währung nicht mehr.

Das heutige russische Papiergeld wird, so denke ich, von den meisten als Falschgeld betrachtet, extra gedruckt, um die Menschen zu verwirren und jeden Ausdruck der Menschlichkeit damit zu ersetzen: Leidenschaft, Freundschaft, Solidarität, Zusammenhalt. Die Notwendigkeit, Geld zu verdienen, wird für jede üble Tat als Ausrede genommen und akzeptiert. Eigentlich hatten die Russen auch das sozialistische Papiergeld nicht für voll genommen. Die sowjetischen Scheine mit Lenins Schädel darauf waren nichts als faule Aktien. Die Idee, alle Menschen mit einer gerechteren Gesellschaft zu beglücken, die einst in diesem Schädel geboren wurde, ist irgendwo zwischen den Vernichtungslagern des Stalinismus und der verfilzten sowjetischen Bürokratie der späten sozialistischen Zeit verloren gegangen. Die Idee war tot, nur die Scheine blieben noch eine Weile. Das postsozialistische Geld ohne Lenin darauf verlor so schnell an Wert, dass jeder Geschäftsmann zwangsläufig ein guter Jogger sein musste. Die Summe seiner Gewinne war nämlich nicht zuletzt davon abhängig, wie schnell er seine Rubel zur Bank bringen konnte, um sie in härtere Währung umzutauschen.

Mein Freund Alexander, der damals als einer der Ersten anfing, dem Geldgott der neuen Zeit zu dienen, schleppte ständig Sporttaschen, Koffer und Rucksäcke voller Geldscheine zur Bank. Das Geld zu verdienen fiel ihm leichter, als es zu behalten. Noch während des Geldschleppens schrumpfte sein Gewinn bereits um ein Drittel, allein der Inflation wegen. Später kam noch die Korruption hinzu. Viele Geschäftsmänner aus seiner Umgebung schafften es nicht, ihre Gewinne vernünftig anzulegen oder auszugeben. Ehe sie sich umdrehten, verwandelten sich die Scheine in wertloses Papier. Es war ein frustrierendes Gefühl. So fühlte sich wahrscheinlich das arme Aschenputtel, das den Ball immer zum schönsten Zeitpunkt verlassen musste, damit der Prinz nicht mitbekam, wie ihre Kutsche sich in einen Kürbis verwandelte. Sie musste ihren Prinzen belügen und wegrennen, über drei Stufen springen und ihre von der Fee ausgeliehenen Schuhe verlieren.

Der russische Kapitalismus basierte auf einem ähnlichen Zauber. Zwar waren alle zur Party eingeladen, doch niemand konnte sicher sein, wie lange er mitfeiern konnte. Aber anders als bei Aschenputtel verwandelte sich der Wohlstand samt aller Lebensentwürfe der Neureichen nicht pünktlich um Mitternacht – daran hätte man sich gewöhnen können –, sondern zu jeder beliebigen Stunde in Kürbisse. Ihre Geschäfte verwandelten sich in Kürbisse, ihre Immobilien, ihre Frauen, manchmal sie selbst. Das Land wirkte wie ausgestorben, überall lagen nur Kürbisse herum. Bis heute wird diese Kürbissuppe ausgelöffelt.

Die Kellnerin hatte Recht, nichts ist mehr sicher auf

dieser Welt, schon gar nicht eine Geldwährung. Und so schwimmen wir weiter im Fluss des Lebens, ohne festen Boden unter den Füßen, ohne Schnorchel und ohne Flossen, ohne eine Arche Noah, in die sich alle im Notfall retten könnten. Während die Deutschen sparen und etwas auf die hohe Kante legen, versuchen die Russen verzweifelt ihr Geld auf jede Art loszuwerden. Je reicher sie sind, umso verzweifelter. Russen investieren in gigantische Geburtstagsfeiern, kaufen überteuerte Yachten, Hubschrauber, U-Boote und englische Fußballvereine. Sie glauben daran, vielleicht doch noch die richtige Zutat für ein gutes Leben zu ergattern, und werden dabei bloß depressiv. Es kommt ihnen vor, als gäbe es in Wirklichkeit nichts Wertvolles mehr auf der Welt, wofür es sich lohnen würde, Geld auszugeben.

Sogar Gold ist nicht mehr das, was es einmal war. Ein reicher Russe beschwerte sich neulich öffentlich in der Presse, sein Gold sei verrostet. Zuerst lachten alle bloß. Dieser ältere Neureiche war schon früher durch clowneskes Verhalten aufgefallen. Er fiel etwas aus dem Rahmen, hatte eine Menge Kinder mit Schönheitsköniginnen – aus Schönheitswettbewerben, die er selbst organisierte – und hatte als Hobby in einem Dorf eine Ziegenkäsekolchose gegründet. Er habe viel Geld auf den Aktienmärkten verloren, beschwerte er sich, verkaufte dann all seine Firmen und zog sich mit den Ziegen und seinen Kindern aufs Land zurück, wo er ein naturverbundenes Leben im Kreise seiner Lieben führen wollte. Die Schönheitsköniginnen zogen verständlicherweise nicht mit. Seine letzten Aktien hatte er in russische Goldmünzen umgerubelt, schöne große Münzen mit dem heiligen Georgij darauf, der mit seinem Speer eine Schlange aufspießt. Eine härtere Währung konnte man sich kaum vorstellen. Seine Erben hätten, wenn sie einmal groß wären, nie arbeiten gehen müssen. Doch statt sein Gold, wie ein solider Geschäftsmann es getan hätte, in einem Schließfach in der Bank zu lagern, vergrub der Verrückte es neben seinem Ziegenstall unter einer Eiche.

Nach einem halben Jahr grub er das Gold wieder aus und staunte. Alle Münzen hatten einen brauen Belag und merkwürdige Kratzer bekommen. Der besorgte Ziegenzüchter sprach unverzüglich bei der Bank vor und beschwerte sich, sein Gold sei völlig verrostet. Die Bankexperten hielten ihn zuerst für nicht ganz dicht. Das Gold war absolut rein, die Münzen frisch gepresst. Und einen braunen Belag auf Gold gibt es nicht. Dieses Metall zählt ja zum Wertbeständigsten überhaupt, nicht zuletzt weil Gold mit keinem anderen Element, seien es Metalle oder Gase, eine chemische Verbindung eingeht. Gold reagiert mit nichts und kann demzufolge weder verrosten noch vergammeln oder verschimmeln.

Der Ziegenmann brachte die Münzen zur Bank. Die Experten waren nicht blind, sie gaben zu, dass mit dem Gold etwas nicht in Ordnung war. Die Tatsache, dass das Gold des Ziegenmelkers so merkwürdig braun geworden war, konnte die Expertenkommission der russischen Zentralbank jedoch wissenschaftlich nicht begründen. Sie beschuldigten stattdessen den Kunden eines amoralischen Umgangs mit gesellschaftlichen Werten, weil er das edle Metall unvorschriftsmäßig gelagert hatte. Hätte der Ziegenliebhaber, wie die anderen Goldbesitzer, sein Gold im Schließfach der Bank deponiert, wäre ihm das nicht passiert. Mit dieser Erklärung kaufte die Bank dem Ziegenmelker sein verrostetes Gold mit einem dreiprozentigen Diskont zurück.

Diese Geschichte geriet an die Öffentlichkeit, und viele Goldbesitzer fragten sich daraufhin, ob das alles bloß eine Sommerlochgurke oder ob da doch etwas Wahres dran war. Was, wenn die Welt sich tatsächlich verändert hatte, die Physik und Chemie ihrer Elemente nicht mehr stimmte? Die globale Erwärmung, das Ozonloch, das Erdbeben in Japan, letzten Endes die in der Schweiz in einem Teilchenbeschleuniger erzeugten schwarze Löcher könnten die Elemente des Periodensystems verschoben haben, und daraufhin ist alles durcheinandergeraten. Der Glanz der frühen Zeit ist erloschen, das Gold verschimmelt.

Wenn das wahr ist, haben wir überhaupt keine festen Werte mehr, auf die man sich stützen kann. Sogar in der Schweiz, diesem Hort der Stabilität und Neutralität, bemerkte ich neulich eine gewisse Unsicherheit bei Geschäftsleuten und Bankdirektoren. Ich war gleich zwei Mal hintereinander in der Schweiz gewesen. Einmal hatte mich die schweizerische Bankenvereinigung als Redner eingeladen, ein andermal hatte ein großer Pharmakonzern meinen Freund Vitali und mich als DJs mit unserer Tanzmucke »Russendisko« für ihre Weihnachtsfeier gebucht.

»Diese Leute müssen doch unglaublich potente Tänzer sein, nicht umsonst haben sie das Viagra erfunden«, freute sich mein Freund auf die Einladung.

Die Party war aber die ruhigste und langweiligste, die wir jemals erlebt haben. Mehrere hundert Mitarbeiter waren in einem großen Saal versammelt, Quartalszahlen wurden vorgelesen, es wurde russisch gegessen, wenig getrunken und noch weniger getanzt. Am heftigsten tanzten die DJs, also wir selbst, und ein älterer Mann, der trotz seines Alters immer wieder hochsprang und immer dasselbe Lied über die Biene Maja bestellte. Mein Freund gab ihm den Spitznamen »Leiter der Viagra-Abteilung«. Noch vor Mitternacht waren wir entlassen.

Außer uns gab es noch ein zusätzliches Unterhaltungsprogramm. Ein schwäbischer Schauspieler moderierte zwischen den einzelnen Gängen des Menüs. Er gab den russischen Zaren Iwan den Schrecklichen, denn der ganze Abend war unter einem russischen Kulturstern geplant worden. Die Witze des schrecklichen schwäbischen Zaren Iwan waren, höflich ausgedrückt, nicht gut. Sie waren so unappetitlich, dass ich mir Sorgen machte, ob die Konzernmitarbeiter dabei ihr Essen problemlos runterbekamen.

»Wir Russen«, sagte der schreckliche Zar, »waschen uns nie. Denn mein Vater sagte immer: ›Ein Russ muss riechen wie ein Ross‹.«

Eiserne Stille breitete sich im Raum aus, nur mein

Freund Vitali hustete höflich. Nach der Veranstaltung wollten wir uns diskret mit dem Zaren unterhalten.

»Sag mal, Zar«, fing ich freundlich an, »ich hätte da eine Frage bezüglich deines Auftritts.«

Der Zar schaute uns ängstlich an und streckte die Hände vor: »Sagen Sie nichts weiter, ich weiß, es waren unglaublich dämliche Witze. Aber ich habe schlicht und einfach keine besseren über Iwan den Schrecklichen gefunden, und die Firma wollte keinen anderen Zaren, es sollte unbedingt dieser Iwan sein.«

Wie ließen den Zaren natürlich laufen.

Drei Wochen später war ich wieder in der Schweiz, in einer Bank. Die bereits erwähnte schweizerische Bankvereinigung hatte zu ihrem kleinen Empfang einen badischen Weinhändler mit Wein, Käse und Schokolade eingeladen sowie einen lokalen Wurstmacher und mich mit einem launigen Vortrag zum Thema Finanzen. Der Weinhändler war sehr aufgeregt. Wein, Käse und Schokolade in die Schweiz zu bringen, das ist, wie Eulen nach Athen zu tragen. Doch die Banker waren sehr freundlich. Sie nahmen alles wohlwollend auf, was man ihnen anbot, sie aßen den Käse und lobten den Wein. Einige von ihnen behaupteten, unter dieser ihrer Bank läge das ganze Gold der Schweiz begraben.

Wenn man mit Schweizern über die Quelle ihres Reichtums spricht, erzählen sie gerne von Fleiß, Disziplin, Ehrlichkeit und anderen Tugenden ihres Volkes. Wie jede Nation sind die Schweizer völlig in Mythen über sich selbst gefangen. Viele Schweizer glauben tatsächlich, dass Hitler die neutrale Schweiz nicht angegriffen hat, weil er Angst vor diesem kleinen, aber unglaublich mutigen Volk hatte. Die Städte hätte Hitler zwar schnell eingenommen, doch dann wären die Schweizer in die Berge gezogen, gut bewaffnet und organisiert, und hätten dem Führer einen solchen Partisanenkampf mitten in Europa geliefert, dass die deutschen Stellungen an der Ostfront deutlich geschwächt worden wären. Deswegen habe Hitler fast der ganzen Welt, jedoch nicht der Schweiz den Krieg erklärt. Die einfachere Erklärung, dass ihre Neutralität Hitler nutzte und in Wirklichkeit den Bösen half, ihr Gold zu verstecken, käme den Schweizern nicht in den Sinn.

Irgendwie stehen sich die Menschen doch immer selbst im Wege. Ihre Ansprüche werden größer, ihr Können kleiner, und egal, was sie sich wünschen, sie kriegen es nicht hin. Die Amerikaner können sehr gut Löcher in die Erde bohren, um nach Öl zu suchen, aber sie können ihre Löcher nicht mehr schließen. Die Japaner können im sichersten Reaktor der Welt die Kernschmelze nicht verhindern. Deutsche bauen aus Angst vor Radioaktivität unermüdlich Windmühlen, als wollten sie in Zukunft alle als Windmüller überleben. Die Finnen schwitzen in der Sauna weniger als früher. Und die Russen, früher leidenschaftliche Jäger, haben immer weniger Spaß am Jagen großer Tiere, ganz so, als hätte der russische Jagdgott sie verlassen.

Es begann damit, dass mehrere nacheinander ins Amt befohlene Gouverneure auf der Jagd verunglückten. Jeder neue Gouverneur denkt, er sei der bessere, und will sich etwas Besonderes gönnen. Als erste Amtshandlung begibt er sich auf eine Hubschrauberjagd ins Altai-Gebirge, um aus der Luft wilde Steinböcke zu schießen. Manchmal fliegen die Jäger auch zu zweit oder zu dritt. Von insgesamt vier Dutzend Gouverneuren ist inzwischen ein Drittel aus dem Hubschrauber gefallen. Die ersten Vorfälle ereigneten sich alle nach dem gleichen Muster, sodass man zuerst an eine Entführung dachte. Man fand einen vollkommen zerschossenen Hubschrauber mit dem toten Piloten auf dem Boden und keine Gouverneure drum herum. Später wurden die Gouverneure ebenfalls tot in den Bergen gefunden, in der Regel weit weg von der Unfallstelle. Die Rekonstruktion der Vorfälle machte deutlich, dass die Gouverneure die Piloten gezwungen hatten, so tief wie möglich zu fliegen, um die Steinböcke aus sicherer Entfernung abzuschießen. Die Böcke liefen auf die Spitze des Berges, der Hubschrauberpilot schaukelte ein wenig, um die Maschine hochzuziehen, die Gouverneure verloren das Gleichgewicht, schossen um sich und fielen aus der Kanzel. In mehreren Fällen überlebten sie den Absturz, denn Gouverneure haben eigentlich wie Katzen sieben Leben. Nur schämten sie sich, in der Stadt bei ihrem Amt um Hilfe zu rufen. Sie liefen den Steinböcken hinterher, verirrten sich und verdursteten in den Bergen. Seitdem ist die Bocksjagd in Russland offiziell auch für Gouverneure nicht mehr erlaubt.

Selbst die berühmte russische Bärenjagd ist zu einer

Touristenattraktion heruntergekommen. Ein Freund von mir, der in der Tourismusbranche arbeitet, erzählte, dass es in der Nähe von Moskau spezielle Naturschutzgebiete gibt, wo Bären von Touristen mit Paintball-Gewehren, also mit Farbkugeln, beschossen werden. Mein Freund hat mehrmals Touristengruppen in eine solche Anlage begleitet und meint, die Tiere sähen dort wie Gummibärchen aus. In allen Haribo-Farben laufen sie durch die Gegend: Es gibt inzwischen gelbe Bären, rote Bären und grüne Bären. In der Regel laufen sie weg, wenn sie einem Touristen mit Gewehr begegnen. Nur ein Bär, den alle übrigens Iwan den Schrecklichen nannten, ging auf die Touristen zu. Er genoss es anscheinend, mit Farbkugeln beschossen zu werden, und sah aus wie die Palette eines avantgardistischen Malers.

Vielleicht träumte der farbverliebte Bär von einer künstlerischen Karriere. Vielleicht hat er aber einfach ein schlechtes Gewissen, weil er in seinem früheren Leben in Freiheit viele Touristen aufgeschlitzt hat, gaben die Naturparkwächter zu bedenken. Der Bär war schon alt. Nun suchte er nach Vergebung für seine Sünden bei den Touristen, wie Iwan der Schreckliche es kurz vor seinem Tod getan hatte. Dieser Zar war eine tragische Figur und für Witze schlecht geeignet. Er war sein Leben lang von Verzweiflung und Ängsten geplagt. Besonders groß war seine Angst zu sterben. Ihm war bewusst, dass sehr viele Menschen durch ihn gelitten, von ihm gequält und umgebracht worden waren. Deswegen verteilte er sein ganzes Gold an die Kirchen, die Gott Tag für Tag um Vergebung für ihn und um Frieden für die von ihm geschundenen Seelen beten sollten, bis sein Gold aufgebracht war. Damals war Gold noch fest im Kurs und verrostete nicht, es hätte für hundert Jahre Gebete gereicht. Dabei sollten alle Seelen beim Namen genannt werden, damit Gott auch wusste, um wen es dabei ging. An einige Namen konnte sich Iwan der Schreckliche erinnern. An viele andere haben ihn seine Untertanen erinnert, doch die meisten blieben vergessen. Niemand kannte mehr ihre Namen. Niemand erinnerte sich mehr an sie. Iwan dem Schrecklichen war es peinlich, dass seine Rechnung nicht aufging. Er konnte so leicht all diesen Menschen das Leben nehmen, doch er konnte keine einzige ihrer Seelen retten. Er wusste nicht einmal, wie sie hießen. Für diese Menschen dachte sich Iwan der Schreckliche eine neue Gebetsformel aus. Die Popen sollten in diesen Fällen beten: »Oh lieber Gott, lass die Seele von Du weißt schon wem in Frieden ruhen.« Noch Jahre nach dem Tod des Zaren läuteten die Glocken, und die Popen baten um Vergebung für die unschuldig geschundene Seele von Du weißt schon wem, bis das alte Gold des Zaren alle war und das neue zu rosten begann.

Mein Onkel und ich zahlten und gingen in die Nacht. An manchen Ecken sieht Berlin nachts trotz des Tourismus gespenstisch, gar ausgestorben aus. Im Haus auf der anderen Straßenseite brannte in keinem einzigen Fenster Licht. Keine Fußgänger und kein Auto kamen vorbei. Nur wir waren wie zwei verdiente Invaliden mit Rollkoffer auf der Invalidenstraße mitten in der Nacht unterwegs. Zum Glück war es nicht weit bis zum Döner-Paradies. Seine leuchtende Neonreklame konnte man schon von weitem sehen. Vor dem Imbiss stand tatsächlich ein Taxi und drei in Leder verpackte, unrasierte Typen, die trotz der späten Stunde einen nüchternen Eindruck machten und uns aufmerksam anschauten. Ihre Blicke konzentrierten sich auf unseren Koffer und strahlten eine Fröhlichkeit aus, die uns verwirrte. Sogar mein Onkel, ein mutiger Mensch, hatte, glaube ich, ein mulmiges Gefühl in Anbetracht der möglichen Folgen dieser Begegnung. Noch am Bahnhof hatte er mich gefragt, ob es nicht gefährlich sei, nachts durch Berlin spazieren zu gehen, und wie es um die Kriminalität in der deutschen Hauptstadt bestellt sei. Ich gab mir Mühe, den Onkel zu beruhigen, doch meine geringe Erfahrung kann fremde Ängste nicht beseitigen. Dazu kenne ich Berlin viel zu wenig. Wir bewegen uns in der Stadt kaum nachts und wenn, dann nur zur Russendisko, unserer Tanzveranstaltung. Ich war zum Beispiel noch nie im Döner-Paradies gewesen und wusste nicht, wie die Leute dort drauf waren.

In unserer Diskothek sind die Menschen nicht streitsüchtig, das heißt, grundsätzlich ist natürlich nichts ausgeschlossen, aber man muss sich schon sehr anstrengen, um dort verprügelt zu werden. In zehn Jahren Russendisko gab es so gut wie nie Streit. Einmal hat ein Mitarbeiter der ukrainischen Botschaft versucht, die Eingangstür zu zertrümmern, weil sie sich aus Prinzip nur nach draußen und nicht nach innen öffnen lässt. Ein andermal haben fünf Inder in der Schlange am Tresen untereinander Streit angefangen, wahrscheinlich um ihre Kastenunterschiede zu betonen und damit zu klären, wer am Tresen Vorrang hatte.

Obwohl – vor kurzem hat mein Freund Leonid es doch geschafft, im Café Burger k.o. zu gehen. Er hatte eine Auseinandersetzung mit einer Gruppe englischer Touristen, die ihn sehr schnell und sehr sportlich, englisch eben, links und rechts auf die Backe boxten. Mein Freund wunderte sich sehr über diese englische Sportlichkeit. Er hatte sich eigentlich für unbesiegbar gehalten, und im Nachhinein konnte er den Engländern nichts vorwerfen. Er hatte den Streit selbst angefangen und war zu Boden gegangen, noch bevor er den Engländern Angst machten konnte.

Tja, ich weiß, das ist keine gute Beschreibung einer Schlägerei, sie hört sich wahrscheinlich zu alltäglich an. Das liegt aber an meiner ungelenken Schreibart. Ein englischer Literat hätte über die Schlägerei bestimmt anders, spannender geschrieben. Er hätte den Vorfall mit massivem rhetorischen Einsatz vom dumpfen Alltag abgehoben wie in der Literatur üblich: Die Sonne schien, die Vögel zwitscherten. Nichts deutete auf etwas Außergewöhnliches oder gar auf eine Gefahr hin. Doch plötzlich tauchte wie aus dem Nichts ein unbekannter Russe auf. In der Hand hielt er eine Bierflasche… Noch spannender wäre die Geschichte gewesen, hätte mein

Freund einen Hammer statt einer Bierflasche in der Hand gehabt. Er war in seinen jungen Jahren übrigens Leichtathlet gewesen und hatte unter anderem Hammer geworfen, hielt sich von daher für supersportlich, überschätzte aber wie gesagt seine Fähigkeiten bei den englischen Touristen völlig.

Russen überschätzen sich in dieser Hinsicht am laufenden Band. Sie halten sich alle für Athleten, weil sie als Kinder in irgendwelchen Sportvereinen merkwürdige Sportarten erlernt haben, die bei heutigen Kindern nur verständnisloses Lächeln hervorrufen. Sie gingen fechten, eisschnelllaufen, hochspringen oder eben hammerwerfen. Mir würde es schwerfallen, Kindern zu erklären, warum man so etwas wie einen Hammer überhaupt werfen sollte. Für mich sind diese Sportarten nichts anderes als Erinnerungen an die Partisanenkämpfe der Vergangenheit. Hierzulande wurden nicht Hämmer, sondern eher Speere geworfen. Die Deutschen erzielen im Speerwerfen, glaube ich zu wissen, nach wie vor gute Ergebnisse bei den Olympischen Spielen. Schon die Römer ärgerten sich unsäglich über diese kurzen hinterhältigen Speere, die die Germanen unter den Mänteln trugen. Ins Gesicht grüßten sie die römischen Ritter höflich, wenn sie ihnen auf dem engen Waldweg begegneten. Aber kaum ritten die Ritter vorbei, bekamen sie den kurzen Speer in den Rücken gestoßen oder geworfen. Die Sonne schien. Und die Vögel zwitscherten natürlich. Die Pferde zwitscherten auch. Sie wunderten sich, wo ihre Reiter plötzlich hingeflogen waren. Die kurzen hinterhältigen Speere nannten die Römer »arma partisana«, später wurden daraus die Partisanen, die Wald- und Hinterhaltkämpfer.

Während des Vaterländischen Krieges im 19. Jahrhundert warfen die russischen Bauern der französischen Armee Mistgabeln entgegen und holten die Soldaten Napoleons damit vom Pferd. Auf vielen Gemälden der damaligen Zeit sind die Franzosen mit Kanonen, die Russen mit Mistgabeln abgebildet. Diese Mistgabeln haben den Ausgang des ersten russischen Vaterländischen Krieges entschieden und den russischen Imperator Alexander I. bis nach Paris katapultiert. Wenn neben Speer und Hammer auch das Mistgabelwerfen zu einer olympischen Disziplin geworden wäre, hätten die Russen gute Chancen, auf ewig Weltmeister in dieser Disziplin zu sein. Leider wurde die Gabel vom olympischen Komitee nicht anerkannt. Sie kam zu spät.

In jedem Jahrhundert werden irgendwelche Dinge durch die Gegend geschleudert, man kann sie unmöglich alle olympisch disziplinieren. Mein vietnamesischer Nachbar erzählte mir, wie in Vietnam im vorigen Jahrhundert sogar Brecheisen durch die Luft flogen. Das passierte im Rahmen des Vietnamkriegs, bei dem die besser bewaffneten, aber untermotivierten Amerikaner so schrecklich versagten. Das in der Mitte gebogene Brecheisen liegt nun in der vietnamesischen Hauptstadt Hanoi im dortigen Volkswaffenmuseum. Während des Krieges mussten die Vietnamesen ihre Waffen zunächst selbst erfinden, um ihre Dörfer vor den

Hubschrauberangriffen der Amerikaner zu schützen. Sie banden also ein langes Gummiband zwischen zwei Bäume, legten die verbogene Eisenstange als Wurfgeschoß in die Riesenschleuder, im Volk »Gummikanone« genannt, und warteten. Wenn die Hubschrauber kamen, versammelte sich das ganze Dorf an der Kanone, und alle zogen mit vereinten Kräften an dem Gummiband. Auf Kommando ließen sie dann los. Ein auf diese Weise geschleudertes Brecheisen fegte aus 200 Metern Entfernung die Hubschrauberkabine mit dem Piloten einfach weg. Nach dem Schuss lief das ganze Dorf in den Dschungel, um nach dem Brecheisen zu suchen.

Nicht jede Volksgemeinschaft kann eine solche Gummikanone bedienen. Ständig im Kollektiv, im Geiste der Zusammenarbeit erzogen, konnten die Vietnamesen eine beträchtliche Treffsicherheit erreichen. Wie ein Mann zogen sie an dem Gummiband, und wie ein Mann ließen sie los. So ging das vergangene Jahrhundert zu Ende. Die Sonne schien. Die Vögel zwitscherten. Die Brecheisen flogen. Mein Onkel und ich wären aber auch als Kollektiv zu klein und zu schwach gewesen. Wir hatten weder Waffen noch Kraft und wären den bösen Geistern der Invalidenstraße hilflos ausgeliefert, wenn sie es zum Beispiel auf des Onkels Koffer abgesehen hätten.

»Das sind doch bloß die Erzengel, die das Tor zum Paradies bewachen«, beruhigte ich meinen Onkel. »Die Döner-Erzengel vor dem Döner-Paradies!«

Mein Onkel lachte.

Russen grüßen am Döner-Paradies

Die Erzengel schauten uns schweigend an, sie grüßten nicht, wir grüßten nicht zurück. Eine Pause breitete sich aus.

»Seid ihr Russen?«, brach ein schnurrbärtiger Erzengel das müßige Schweigen.

Ich habe keine Ahnung, wie er uns so schnell entlarven konnte. Mein Onkel und ich, wir waren nicht in traditioneller russischer Tracht, sondern beide korrekt westlich bekleidet. Wir hatten, wenn überhaupt, unterwegs sehr leise miteinander gesprochen, nicht mit Wodkaflaschen gewunken und weder Matroschkas noch Balalaikas in den Händen. Trotzdem hatten die Erzengel uns sofort als Russen identifiziert. Vielleicht ist es diese eingeborene Grimmigkeit, die Unwilligkeit, Fremde fröhlich als Erster zu begrüßen?

Von allen Klischees, die auf der Welt über Russen verbreitet werden, hält sich die angebliche russische Grimmigkeit am hartnäckigsten. Ständig muss ich mir von Bekannten und Unbekannten, die gerade zum ersten Mal Russland besucht haben, anhören, wie hölzern die Umgangsformen dort sind. Angeblich grüßen Russen nie. Ich kann das nicht bestätigen. Russen grüßen sehr wohl. Früher haben sie etwas dezent aus dem Hinterhalt gegrüßt. Inzwischen erobert die übertriebene westliche Höflichkeit die russischen Gemüter. Als ich neulich in Moskau war, konnte ich mich vor grüßenden Russen kaum retten. Unbekannte grüßten mich in Geschäften, in Hotels, manchmal sogar auf der Straße. Selbst die Polizisten, die mich stets völlig grundlos anhielten, um ihrem unstillbaren Hang zur Korruption nachzugeben, grüßten plötzlich ausgiebig und wünschten mir einen guten Tag, bevor sie Geld und Ausweis verlangten. Die jungen Frauen hinter den Verkaufstresen schauten nicht mehr wie früher zu Boden oder zur Decke, sondern dem Kunden direkt ins Gesicht und lächelten dabei so fröhlich, als hätten sie darin etwas ganz Tolles erblickt.

Das hat zweifellos damit zu tun, dass eine bestimmte Art von Literatur, nämlich Sachbücher aus Amerika, die Glück und Erfolg versprechen, in Russland großen Absatz finden. Genau wie Amerikaner neigen Russen zu einfachen Lösungen für komplexe Probleme und können auch die notwendige Naivität aufbringen, die sie im Glauben lässt, alles auf der Welt sei nur eine Frage der inneren Einstellung. Bücher mit Titeln wie *Die Formel des Erfolgs*, *Richtig atmen – länger leben* und vor allem der Bestseller *Das Geheimnis meines Aufstiegs* von einem Kerl namens Carnegie versichern dem Leser, all seine Probleme seien mit einem Dauergrinsen zu lösen.

Ich persönlich glaube, dass die meisten amerikanischen Autoren, die in Russland gelesen werden, nur auf dem Papier existieren. Ein Großteil der ausländischen Literatur wird in Russland grundsätzlich von Studenten und freischaffenden Journalisten geschrieben. Diese Werke knüpfen an den alten Aberglauben an, alles Ausländische sei Qualitätsware und auf jeden Fall besser als die einheimischen Produkte. Dieser Aberglaube hält sich noch immer hartnäckig, trotz McDonalds und anderer Enttäuschungen, die die kapitalistische Warenwelt bisher mit sich gebracht haben. Also wird in Russland eine umfangreiche ausländische Literatur produziert, wodurch man die einheimischen Arbeitskräfte wieder einbindet, statt das Geld für den sinnlosen Erwerb von Lizenzen und Nebenrechten zu verpulvern. Die Produktion wird marktgerecht verteilt. Frankreich steht für Liebesromane, England für Krimis, Amerika für Sachbücher über den Erfolg.

Auch vor bekannten Namen machen die Verleger in Russland nicht halt, was zur Folge hat, dass in russischer Sprache deutlich mehr Krimis von Agatha Christie existieren, als sie auf Englisch geschrieben hat, und der *Herr der Ringe* statt drei sieben Teile besitzt. Außerdem darf sich nach russischem Recht jeder Schriftsteller den Namen eines anderen Schriftstellers als Künstlernamen zulegen und kann sich Dostojewski-Tolstoi oder Goethe-Faust nennen. Solche und andere Tricks gelten auf dem neuen kapitalistischen Buchmarkt als legitim. Es geht darum, die Aufmerksamkeit der Leser zu gewinnen – wie, ist egal. Viele bekannte Autoren veröffentlichen in Russland Jahr für Jahr das gleiche Buch, bloß unter anderem Titel und mit einem anderen Bild auf dem Umschlag.

Trotz dieser miesen Tricks bleiben die Russen dem Lesen treu, sie glauben an das gedruckte Wort. Schriftliches hat in Russland Autorität, nur Gedrucktes ist wahr. So, wie man früher an die sozialistischen Schriften geglaubt hat, hält man nun die kapitalistischen Strategien des Erfolgs für wahr und lächelt, wie es in den Sachbüchern verlangt wird, wobei es vielen augenscheinlich nicht leichtfällt.

»Mir hat Carnegie sehr gut geholfen, ich lache und bin froh. Alle sagen, ich bin ein ganz anderer Mensch geworden!«, schwärmte einmal eine Blondine im Eiscafé gegenüber ihrer grimmigen Freundin.

»Und mir hat der verfickte Scheiß-Carnegie gar nicht geholfen, so ein Mist«, erwiderte diese und schlug mit der Handkante auf den Tisch.

Aber trotz solcher Momente des Widerstands nimmt der Kapitalismus in Russland seinen Lauf. Die Menschen schimpfen und spucken, grüßen aber freundlich. Wenn es so weitergeht, werden sie bald wie die Österreicher sein. Die Österreicher grüßen einen nämlich wie verrückt. Mein Lieblingswitz darüber geht so:

Ein attraktiver Österreicher fragt einen hässlichen, wie er es schafft, so viele Frauen herumzukriegen, wo er doch so hässlich ist und der Attraktive nicht einmal eine Freundin hat. »Grüßen musst du sie«, sagt der Hässliche. »So lange grüßen, bis sie bei dir im Bett landen.«

Der Hässliche hat Recht: Die, die nicht grüßen, sterben aus. Insofern ist es doch ein Glück, dass die Russen grüßen.

Wir grüßten die Erzengel vorbildlich, bestätigten unsere russische Herkunft und fragten vorsichtig nach ihrer. Mein Onkel war überzeugt, dass es sich bei unseren neuen Bekannten um Kurden handelte. Angeblich hatte er früher in Odessa mit Kurden Kontakt gehabt und konnte sie aus der Ferne erkennen. Ich dagegen tippte auf eine türkische Herkunft der Erzengel. Wir lagen jedoch beide mit unseren Vermutungen völlig falsch. Zwei der Erzengel waren Syrer, ihr dritter Freund, der Taxifahrer, stammte aus dem ehemaligen Jugoslawien.

»Tolle Jacke!«, sagte einer der Syrer, der direkt vor dem Imbisseingang stand, und zeigte auf meine dunkelgelbe Lederjacke. Ich nickte.

»Ich habe euch Russen sofort bemerkt!«, gab der Syrer an. »Alle Russen tragen Lederjacken, Russen stehen Lederjacken gut«, setzte er philosophisch fort. »Ich komme aus Syrien, mir stehen Lederjacken überhaupt nicht. Meine Frau sagt immer: ›Zieh die sofort aus, du bist zu groß für eine Lederjacke. Kauf dir lieber ein Sakko.‹«

Ich musterte mein Gegenüber. Er war tatsächlich groß, aber bei weitem nicht so groß, dass er in keine Lederjacke passen würde. Er hatte eine zärtliche Art zu gestikulieren, einige goldene Zähne im Mund und etwas Weibliches in der Figur. Seine Haut hatte die Farbe von Pergament, sie war dunkelgelb, genau wie meine Lederjacke.

»Russen tragen auch gerne Sportanzüge«, bemerkte der andere Syrer und zwinkerte mir zu. »Es sind sportliche Leute, solche Anzüge stehen ihnen gut«, entwickelte er seine nationalistischen Modeideen weiter. »Ich komme aus Syrien und meine Frau auch. Wir wohnen in Wedding. Sehr viele Russen aus Kasachstan sind unsere Nachbarn. Großartige Leute, alle sehr sportlich. Eine Frau, sie heißt Valentina, kommt fast jeden Tag meine Frau besuchen. Sie trinken zusammen Tee und sprechen über das Leben, und eines Tages sagte meine Frau zu mir: ›Du, diese Russen, die sind genau wie wir.‹«

»Logisch«, bestätigte ich, »Syrien und Kasachstan sind beides exotische Länder, die weit weg liegen. Sie müssen mehr Gemeinsamkeiten miteinander als mit Deutschland haben.«

»Lass uns darauf einen trinken, wir geben einen aus!«, rief der Syrer und zeigte einladend auf die geöffnete Tür des Döner-Paradieses.

Eine solche große Geste im Sinne der Völkerverständigung durfte nicht abgelehnt werden. Ich erklärte dem Onkel die Situation, wir mussten mit den Syrern ein Bier trinken.

Im »Paradies« war es angenehm warm und hell. Der eine Syrer nahm hinter dem Tresen Platz, sein Freund und der exjugoslawische Taxifahrer holten die Bierflaschen aus dem Kühlschrank. Man merkte allen dreien an, dass sie sich schon lange kannten und viel Zeit im »Paradies« verbrachten. Wir stießen an.

»Es gibt aber auch Russen, die keine Sportanzüge und keine Lederjacken tragen«, versuchte ich die Klischees der Syrer aufzuweichen. »Es gibt solche, die sehr feine Anzüge bevorzugen.«

»Wir wissen, was du meinst!«, freuten sich die Syrer. »Du meinst diese Russen im Niemandsland?«

Ich verschluckte mich beinahe an meinem Bier.

»Die Russen im Niemandsland – wer soll das denn sein?«, fragte ich verwundert.

»Wir unternehmen oft große Reisen«, erklärte mir einer der Syrer. »Im letzten Sommer sind wir mit dem Auto von Berlin bis nach Syrien gefahren. Sechs Tage hin und fünf zurück. Man muss schon gut Auto fahren können, um sich solche Strecken zuzutrauen. Wir kamen durch viele Länder: Serbien, Bulgarien, Griechenland, die Türkei. Zwischen den Landesgrenzen sind da fast immer ein paar Kilometer Niemandsland, besonders zwischen den Ländern, die Probleme miteinander haben. Es sind Pufferzonen, die diese Länder auf Abstand zueinander halten. Und überall in diesen Pufferzonen steckten Russen wie Sand im Getriebe. Wir haben viele gesehen, lauter Russen in Anzügen! Sie haben Probleme mit ihren Papieren und kommen nicht vorwärts und nicht zurück. Zwischen Syrien und der Türkei steckte zum Beispiel ein Syrer mit einer russischen Frau, die er ohne Papiere geheiratet hatte. Zwischen der Türkei und Bulgarien steckte umgekehrt ein russischer

Mann mit einer Frau aus Montenegro. Überall haben sie da unterschiedliche Gesetze, und die Grenzer sind nicht immer freundlich.

Außerdem haben sie überall unterschiedliches Benzin. In manchen Ländern ist das Benzin sehr billig, aber es zieht nicht. Ich konnte bis zum Anschlag Gas geben, es passierte gar nichts. In Syrien wollte ich sogar mein Auto verkaufen, so frustriert war ich wegen des schlechten Benzins dort. Sie haben dort kein Superblei, überhaupt gibt es nur eine Sorte für alle Fahrzeuge, dabei lebt das Land vom Erdölverkauf. Mein Auto war in Syrien kaum zu gebrauchen. Mit einem Kamel wäre ich schneller vorwärtsgekommen. Aber zurück fuhren wir durch die Schweiz, dort war das Benzin zwar teuer, aber es zog richtig. Das Auto flog wie eine Rakete.«

Ich übersetzte meinem Onkel die syrische Geschichte. Russen im Niemandsland, was für ein rührendes Bild! Ich hätte beinahe schwören können, diese Menschen selbst gesehen zu haben. Sie steckten zwischen den europäischen Grenzen hinter frisch gestrichenen Schlagbäumen in der Sackgasse des Niemandslandes fest. Unrasiert und verschwiegen warteten sie auf Erlösung und trugen alle perfekt sitzende Anzüge.

Schade, dass Russen heute so einen merkwürdigen, sportlichen Eindruck hinterlassen. Früher machten sie einen mehr oder weniger geistreichen Eindruck. Der ganze Sinn des russischen Sozialismus war doch, den Geist der Menschen zu heben, ihn vor einer verpfuschten Karriere als Sklave des Kapitals zu retten und ihn in einen stolzen, gebildeten Retter der Menschheit umzuwandeln, von allen Macken und Minderwertigkeitskomplexen eines Unterdrückten befreit. Es schien gar nicht so unrealistisch. Aber der Mensch ist letzten Endes nur das, was er selbst aus sich macht. Und so haben die Russen sich nie groß um sich selbst gekümmert, sondern nur um die anderen. Die Selbstverwirklichung des sowjetischen Menschen, sein politisches Engagement und sein Befreiungskampf fanden ausschließlich jenseits der eigenen Heimat statt. Die eigene Lage wurde in der Regel nicht in Frage gestellt. Russen engagierten sich im Ausland und bekämpften die Ungerechtigkeiten überall auf der Welt, nur nicht bei sich zu Hause. Sie mischten sich ständig in fremde Konflikte ein, um die Freiheit ihnen völlig unbekannter Menschen und ganzer Völker zu schützen oder um irgendwo Gerechtigkeit für andere zu fordern, in Spanien, auf Kuba, in Äthiopien, in der arabischen Wüste, in Syrien, in Schwarzafrika, in Südamerika, in Vietnam usw. Nur in Sibirien nicht, wo die Hälfte der Bevölkerung in Lagern saß und die andere Hälfte sie bewachte. Dazu schwiegen sie. Wenn es aber darum ging, für die Freiheit von Angela Davis die Stimme zu erheben, für Luis Corvalán oder Fidel Castro, da waren sich alle einig. Das ganze Land stand wie ein Mann auf und forderte Freiheit für diese Menschen. Mit welcher Hingabe verteidigten die Menschen in der Sowjetunion damals die arme Jamila Buhreid, die sich auf die Gleise gelegt hatte, um Züge mit Soldaten zu stoppen, die nach Algerien geschickt wurden, um den dortigen Widerstand gegen die französische Besatzung zu ersticken. Unser eigener Widerstand blieb aus, unsere Freiheit war es, Freiheit für die anderen zu fordern. »Komm zu uns, Genosse Robeson, wenn du wie ein freier Mensch leben willst!«, sang ein bekannter sowjetischer Sänger, der zehn Jahre Lagerhaft hinter sich hatte. Er wandte sich damit an den linken schwarzen US-Sänger Paul Robeson, der sich im rassistischen Amerika sogar in der eigenen Villa noch unterdrückt fühlte.

Ein Leben für die anderen zu leben ist letztlich aber doch ein Zeichen von Intelligenz. In der neuen Weltordnung nun konnten sich viele Russen nicht mehr derart engagieren, weil sie nicht nur überintelligent, sondern für den Westen auch noch überqualifiziert waren. Sie hatten die beste kostenlose Ausbildung der Welt genossen, und die meisten brachten eine Doktorarbeit im Koffer mit. Mein Freund, der Friseur Valerij aus Kasachstan, kam als Deutschlehrer nach Deutschland, der Titel seiner Doktorarbeit lautete: »Die mentalen und kulturellen Unterschiede beim Erlernen der deutschen und kasachischen Sprache«. In seiner Heimatstadt Jambul lernte er sicherheitshalber auch noch Haare schneiden, bevor er nach Deutschland abreiste, für den Fall, dass er nicht als Lehrer arbeiten durfte. Das war eine richtige Entscheidung gewesen, denn als Lehrer war er für die deutschen Verhältnisse hoffnungslos überqualifiziert. Es hat dafür nicht lange gedauert, bis er zu einem begehrten Haarschneider aufstieg. Mein anderer

Freund Sergej aus Weißrussland schrieb eine Doktorarbeit zum Thema »Die unvermeidlichen Fehler bei der Standortsuche deutscher und russischer Geschäftsleute unter besonderer Berücksichtigung der Standorttheorie von Alain Prate«. In Deutschland arbeitete er dann als Putzkraft auf einer großen Hühnerfarm.

Die beiden Syrer, die wir kennenlernten, waren übrigens auch keine ausgebildeten Dönerverkäufer. Der eine war Jurist, und der andere hatte in seiner Heimat Medizin studiert, nur wurden ihre Diplome in Deutschland nicht anerkannt. Der jugoslawische Taxifahrer, ein Montenegriner, hatte sogar eine diplomatische Karriere hinter sich. Er hatte acht Jahre lang den jugoslawischen Konsul chauffiert. Dann begann der Krieg in Jugoslawien, und alle Teile des Landes zerstritten sich. Seine Mutter sagte am Telefon zu ihm, er solle bloß nicht nach Hause kommen, sie würden möglicherweise bombardiert werden. Also blieb er in Deutschland und fuhr seitdem Taxi. Auch der Konsul sei inzwischen Taxifahrer geworden, erzählte er uns lachend.

»Und der Botschafter?«, hakte ich nach. »Fährt der Botschafter auch Taxi?«

»Nein, der Botschafter hat ein Bauunternehmen in Westdeutschland«, erwiderte er. »Doch in Chicago, dort fährt der ehemalige jugoslawische Botschafter tatsächlich Taxi.« Das sei aber ein alter Hut und wäre bereits mehrmals in allen Zeitungen im ehemaligen Jugoslawien gestanden.

»Was ist daran verkehrt? Er war kein guter Diplomat,

vielleicht ist er in Chicago ein guter Taxifahrer geworden«, sagte der Jugoslawe achselzuckend.

Als ich ihn fragte, ob er uns nach Hause fahren könne, bekam der Taxifahrer sofort schlechte Laune. Warum hätte ich ihm nicht früher gesagt, dass ich fahren möchte?

Er hatte bestimmt gedacht, wir wären bloß ein bisschen mit dem Koffer spazieren gewesen und auf ein Bierchen ins Paradies eingekehrt. Jetzt hatte er schon drei Biere getrunken und konnte nicht mehr fahren. Das heißt, privat würde er schon fahren, aber nicht dienstlich, das Risiko sei zu groß, die Konzession zu verlieren. Doch um fünf komme sein Schichtwechsel ins »Paradies«:

»Er fährt euch gerne, wohin du willst«, versicherte der Jugoslawe. »Wo willst du überhaupt hin?«

Ich erklärte ihm, dass ich am Mauerpark wohne, genau an der ehemaligen Grenze zwischen Ost und West.

»Ich verstehe euch Russen nicht«, schüttelte der Taxifahrer den Kopf. »Warum wollt ihr immer Taxi fahren. Das ist eine solche Geldverschwendung. Dein Mauerpark ist doch nur zwanzig Minuten Fußweg von hier entfernt!«

Eigentlich hatte er Recht, es lohnte sich wirklich nicht zu fahren. Selbst wenn wir langsam wie zwei Schildkröten auf der Invalidenstraße weitergehen würden, wären wir spätestens in einer Dreiviertelstunde zu Hause. Gleichzeitig konnte ich dem Onkel ein Stück Berlin zeigen – vielleicht nicht das hübscheste Stück, aber trotzdem schön. Wir berieten uns kurz und beschlossen, weiter zu Fuß zu gehen. Vorher aber äußerte mein Onkel den Wunsch, sich etwas zu stärken, und wir bestellten bei den Syrern ein orientalisches Huhn. Ich hatte keinen Hunger.

Während der Onkel aß, betrachtete ich den Flipperautomaten an der Wand. Man sieht kaum noch solche alten Modelle, die nicht bloß Zahlen drehen und Geld schlucken oder ausspucken, sondern tatsächlich mit einem spielen, Schnelligkeit und Reaktion erfordern. Ein großes Lob den Syrern, dass sie sich für einen Flipper entschieden hatten. Gut, heute gehören Abenteuerspiele in den Computer zu Hause, nicht in einen Imbiss. Dort lernt die heranwachsende Generation am Monitor das bittere Gefühl des Scheiterns und die Wonnen des Sieges kennen. Die meisten Spiele sind mir jedoch zu düster. Ich kenne sie bloß vom Computer meines Sohnes. Dort laufen die Helden fast immer durch irgendwelche Ruinen, verlassene Fabriketagen, zerbombte Städte und dunkle Sackgassen voller blutrünstiger Zombies. Sebastian braucht in der Regel zwei bis drei Wochen, um die Umgebung in einem solchen Spiel abzusichern und sich einigermaßen in den Ruinen zurechtzufinden. Dann legt er eine Erweiterungs-CD ein. Sein Held bekommt durch die Erweiterung einige neue Eigenschaften, kann vielleicht durch Wände gehen oder Zombies mit bloßem Blick töten. Mit jeder Erweiterung werden auch einige zusätzliche Fabriketagen oder dunkle Gassen eingerichtet und frische unverbrauchte Zombies heruntergeladen. Dann geht Sebastian wieder auf Mission. Wenn ich an seinem Zimmer vorbeigehe, höre ich, wie die Zombies schreien.

In solchen Augenblicken denke ich nostalgisch zurück an die Spiele meiner Jugend: Sie liefen auf drei große Automaten, die im Vorraum des Filmtheaters »Brest« neben der Männertoilette standen. Ein Spiel kostete 15 Kopeken, fast so viel wie eine Kinokarte. Diese riesigen Geräte, die Vorboten der Computerspiele, hatten alle die gleiche Form und Farbe, nur dass bei einem ein Lenkrad herausragte, beim zweiten ein Gewehr und beim dritten ein Periskop. Mit dem Lenkrad konnte der Spieler einen Rennwagen steuern, der aber so langsam fuhr, dass man während der Fahrt Zeitung lesen konnte. Das Gewehr gehörte zum Schießstandautomaten, wo aber nicht auf Zombies, sondern auf Häschen und Eichhörnchen geschossen wurde.

Mein Lieblingsautomat war der mit dem Periskop – hier spielte man Seeschlacht. Der Spieler schaute wie aus einem U-Boot über das Meer. Eine romantische liebliche Landschaft öffnete sich vor seinen Augen. Man sah ein ruhiges, aus grobem Karton ausgeschnittenes Meer mit kleinen Wellen bis an den Horizont. Am linken und rechten Rand ragten Kliffs empor. Am hellblauen Himmel klebte eine schnuckelige Sonne. Sie spiegelte sich sogar im Wasser. Ich konnte Stunden durch diese Röhre kucken. Das herrliche Bild verzauberte mich regelrecht, es war wunderschön und völlig umsonst. Wenn der Spieler aber eine 15-Kopeken-Münze in den Schlitz warf, piepte der Automat angestrengt und spuckte ein kleines Segelschiffchen aus. Das Schiffchen segelte zu pathetischer Musik ziemlich schnell von links nach rechts über das Meer. Um es zu versenken, hatte man drei Torpedos und dementsprechend drei Chancen. Die Torpedos erschienen auf dem Bild als rote blinkende Punkte, die sich langsam vom Spieler entfernten und am Horizont mit dumpfem Geräusch explodierten. Ob man das Schiff traf oder nicht, das Spiel war nach weniger als einer Minute zu Ende und das Geld weg. Deswegen zog ich es vor, nicht zu schießen, sondern nur das friedliche Panorama zu überwachen. Jedes Mal schaute ich im Kino vor und nach dem Film in die Periskopröhre, um zu prüfen, ob auch alles in Ordnung war. Ich wollte mich vergewissern, dass die Sonne noch da war und das ausgeschnittene Meer aus Karton und dass die Klippen immer noch an den richtigen Seiten standen. Ich fühlte mich für das Arrangement im Seeschlachtautomaten irgendwie verantwortlich.

Aus heutiger Sicht ist diese Haltung lächerlich und äußerst unsportlich. Mein Sohn würde über eine solch sinnlose Spielzeitverschwendung wahrscheinlich nur lachen. Die Zeiten haben sich geändert. Ohne ein paar hundert abgeschossene Zombies geht man heute nicht mehr ins Bett. Ich habe den Syrern von dem sowjetischen Seeschlachtautomaten erzählt, und sieh an, auch sie konnten sich an dieses Modell erinnern, nur musste man bei ihnen noch die guten Schiffe von den bösen unterscheiden. Die guten hatten einen sowjetischen, die schlechten einen amerikanischen Stern, später war es umgekehrt.

Langsam erhellte sich der Himmel. Wir saßen entspannt im Döner-Paradies und hatten keine große Lust mehr, irgendwohin zu gehen. Die Pappel draußen vor dem Imbiss streckte die ersten grünen Blätter der Sonne entgegen. Mir unbekannte Stadtvögel fingen an zu singen, der jugoslawische Taxifahrer rauchte nachdenklich vor sich hin, die Syrer flipperten.

»Genau so stelle ich mir das Paradies vor«, sagte mein Onkel und machte sich ein neues Bier auf.

»Aber ich bitte dich«, widersprach ich ihm, »was ist das für ein armseliges Paradies, in dem es außer Huhn, Döner, Bier und Flipper nichts gibt?«

Tatsächlich sah die Speisekarte vom Döner-Paradies nicht besonders vielfältig aus.

»Wir hätten doch gleich am ersten Tag alle Döner runtergemetzelt und wären schnell verhungert«, sagte ich.

»Du siehst die Sache durch eine schwarze Brille«, meinte mein Onkel. »Erst einmal hätten wir noch immer einen Kühlschrank voll mit Bier. Und zweitens muss man im Paradies nicht ständig essen. Du verwechselst das Paradies mit einem Restaurant. Es wurde nicht zum Essen erschaffen, sondern um darin seine Seelenruhe zu finden.«

»Ich kann aber keine Seelenruhe finden, wenn ich längere Zeit nichts zu essen bekomme«, entgegnete ich.

Der Onkel überlegte. Ja, sagte er, dieses Gefühl sei

auch ihm nicht fremd. Er wisse genau, was ich meine. Auch er hätte oft Hunger, meistens am frühen Morgen, so wie jetzt, dann könne er alles aufessen. Und abends überkomme es ihn noch einmal, aber nie tagsüber. Doch im Paradies, also nicht im Döner-, sondern im richtigen Paradies, so glaube er, werden wir, sollten wir überhaupt jemals dorthin gelangen, niemals mehr Hunger bekommen. Außerdem wissen wir längst, wohin es führt, das Essen im Paradies.

»Es ist schon einmal schiefgegangen, ich würde es nicht noch einmal darauf ankommen lassen«, sagte mein Onkel mit so ernster Stimme, dass ich auflachte. Mein Onkel, der nichts, kein einziges Abenteuer in seinem Leben ausgelassen hatte, warnte vor dem Essen im Paradies!

»Was ist eigentlich mit dem Baum passiert, nachdem die Menschen aus dem Paradies vertrieben waren?«, fragte er mich. »Ist der eigentlich im Paradies stehengeblieben, oder hat der Schöpfer ihn im Zorn in einen Pfahl verwandelt?«

Ich schüttelte stumm den Kopf. Ich wusste nicht genau, was mit dem Baum passiert war. Einmal hatte ich gelesen, die unerlaubte Frucht, der sogenannte Döner der Erkenntnis, würde noch immer im Menschen stecken, und nur wenn alle ihren Bissen gleichzeitig und zusammen erbrechen würden, hätten die Menschen eine Chance, ins Paradies zurückzukehren. In einem anderen Buch stand, die Bäume wären ebenso wie die Menschen aus dem Paradies vertrieben worden, sie würden aber besser als die Menschen zusammenhalten und stramm gen Himmel wachsen. Ihre Kronen würden sich wie Wurzeln nach allen Seiten ausdehnen, um sich am Himmel festzumachen. Die unteren Wurzeln hielten sich in der Erde fest. Bäume sind die einzige Brücke zwischen Erde und Himmel. Aber auch die höchsten von ihnen schaffen es nicht, bis ins Paradies zu wachsen, weil ihr Schicksal für immer mit dem des Menschen verbunden ist. Und Menschen graben sich lieber ein, als dass sie hochklettern. Sie schauen lieber nach unten als nach oben.

Es war Pech für die Menschen, dass sie damals ausgerechnet diese verfluchte Erkenntnisfrucht vom Baum naschten. Laut Legende wuchsen auf dem Baum nämlich ganz verschiedene Früchte: die Frucht der Geburt, die Frucht der Suche und des Zweifels, die Frucht des Verstehens und die Frucht des auf-die-Nase-Fallens. All diese Früchte sollte der Mensch als Metapher für seinen Lebensweg nach und nach zu sich nehmen, um später dann, am Ende des Weges, die süßeste, die Frucht der Erkenntnis zu genießen. Doch ungeduldig wie ein Kleinkind griff der erste Mensch gleich nach der Abschlussfrucht. Er wollte Antworten haben, ohne überhaupt die Fragen zu kennen.

Gut, ich gebe zu, es war vielleicht doch alles von Anfang an etwas zu dramatisch konstruiert, etwas zu kompliziert aufgebaut. Der Schöpfer hätte sicher eine einfachere Welt schaffen können, mit nur einer Raupe und einem Schmetterling, nur einer Frage und einer Antwort, ohne den ganzen Schnickschnack drum herum. Aber er wollte es eben so kompliziert. Diese Welt war gedacht als eine der Fragen, in der alle Zeichen und Sinneseindrücke ihre Bedeutung je nach Situation ändern, eine Welt, in der es nicht darum ging, zu gewinnen oder geradeaus zu gehen. Die Antworten auf manche von diesen Fragen änderten sich mit der Zeit. Auf manche andere konnte und kann es gar keine Antworten geben. Die Menschen suchen aber nach wie vor nur nach Antworten, statt nach den Fragen zu fragen. Auch ihre alten Bücher lesen sie, als wären es von fremder Hand gelöste Kreuzworträtsel, in die alle Wörter eingetragen sind, aber ihre Bedeutung unklar ist, weil die Seite mit den Fragen herausgerissen wurde. Wir können diese Antworten nicht verstehen, nur auswendig lernen: wann, wohin und was ist es wert. Wir lernen, dass es gut für die Gesundheit ist, kalt zu duschen, viel zu schlafen und lange Spaziergänge an der frischen Luft zu unternehmen. Und keine ungewaschenen Früchte von unbekannten Bäumen zu naschen, weil solche Früchte schwer im Magen liegen.

Mein Onkel und ich grüßten unsere Gastgeber noch einmal laut und herzlich und machten uns zu Fuß auf den Weg.

Touristen in ihrer natürlichen Umgebung

Ich war froh, dass die Erzengel vom Döner-Paradies uns nicht für Touristen gehalten hatten, trotz des Koffers meines Onkels und seiner mangelnden Sprachkenntnisse. Mit Touristen hätten sie sicher nicht so offen und freundlich gesprochen, dachte ich. Überall auf der Welt werden Touristen verschmäht, in dieser Hinsicht ist Deutschland keine Ausnahme. Besonders die Berliner reagieren oft misstrauisch, wenn ihnen große Touristengruppen begegnen. Obwohl Letztere Geld in die Stadt bringen, die Konsumkraft steigern und angeblich die städtische Wirtschaft ankurbeln, wird ihre Leistung nur zähneknirschend geduldet. Die Einheimischen fürchten, durch die Entwicklung des Tourismus werde ihre Lebensqualität beeinträchtigt.

Touristen zählen zu den unbeliebtesten Bevölkerungsgruppen. Neben Versicherungsvertretern, Schuldeneintreibern und Börsenspekulanten gehören sie gewissermaßen zur Achse des Bösen. Meist werden sie von den Einheimischen als wandelnde Geldbeutel wahrgenommen, die man entweder ausrauben oder denen man irgendetwas völlig Unnützes andrehen kann. Touristen sind daran schuld, dass so viel pseudofolkloristischer Trash produziert wird. Ohne Touristen gäbe es in Russland längst keine Balalaikas, Samoware und Matroschkas mit Gorbatschow-Gesicht mehr. In Deutschland sind Touristen die einzigen Abnehmer für Riesenbiergläser und Berliner Bärchen. Sie sind auch die einzigen, die gerne Steine kaufen. In Berlin ein Stück von der DDR-Mauer, in Israel ein Steinchen von der Klagemauer. Sie nehmen auch gern ein Stückchen vom Kreuz Jesu mit, um ihn auf diese Weise in die Welt zu bringen. Aus China nehmen sie ebenfalls ein Stückchen (chinesische) Mauer mit und kleine, ewig mit einer Pfote winkende Plastikkatzen, die angeblich Glück bringen. Sie kaufen Masken in Venedig, aus Holz geschnitzte Elefanten in Afrika und tonnenweise mit der Hand genähte Tischdecken aus diversen Orten rund um die Welt, wo die Einwohner zu doof oder zu faul waren, sich eine Mauer zu bauen oder eine andere originellere folkloristische Betätigung zuzulegen.

Was sind das überhaupt für Leute, die ohne eine Einladung in die Fremde ziehen, dorthin, wo sie niemanden kennen, wo niemand sie kennt, niemand sie sehen will, niemand sie liebt, niemand auf sie wartet? Dort, wo Touristen auftauchen, gehen die normalen bürgerlichen Geschäfte ein. Statt Wohnhäusern werden entweder billige Herbergen oder teure Hotels gebaut, statt Läden des täglichen Bedarfs sprießen Souvenirshops aus dem Boden. Das Essen in den Gaststätten wird teuer und schlecht, in der Bäckerei werden statt menschentauglicher Brötchen für 0,20 Euro irgendwelche »Berliner Touristenherzkuchen« mit glasiertem Bärchen für 3,99 Euro verkauft. Die Einwohner meutern. In Berlin Kreuzberg werden beinahe jedes Jahr Unterschriften gegen Touristen gesammelt. Die Kreuzberger fühlten sich erst wie im Zoo. Sie wollten nicht von Fremden begafft werden – nur die Punker nahmen fürs Fotografiertwerden Geld. Heute sind sie alle damit beschäftigt, die Touristen, die keine Notiz mehr von ihnen nehmen, unterbezahlt zu bedienen.

Dabei sind Touristen keine bösen Menschen, sie meinen es gut mit der Welt. Es ist bloß die Neugier, die Suche nach dem Paradies, die sie vorantreibt. Vielleicht ist es auch die Angst, etwas sehr Wichtiges und Schönes im Leben zu verpassen, oder umgekehrt die Lust, sich selbst und seinen Freunden zu beweisen, dass es zu Hause doch am schönsten ist. Anderseits ist es beruhigend zu erfahren, dass es anderswo nicht viel anders ist, dass die Menschen vor derselben Glotze hängen, dieselben Programme, dieselben Serien anschauen, nur in einer anderen Sprache. Überall auf der Welt sitzen Menschen bei Sonnenschein gerne draußen und trinken Kaltgetränke, abends gehen sie aus, und wenn sie in einem Stau stehen, hupen sie wie verrückt. Und überall auf der Welt schimpfen sie auf die Touristen. Die laufen mit Wasserflaschen und Fotoapparaten durch die Gegend, schauen den Einheimischen bei jeder Gelegenheit ins Fenster, wenn die Vorhänge im Erdgeschoss zurückgezogen sind, und knipsen alles, was sich ihnen in den Weg stellt. Sie kommen unangemeldet und würden einem sicher, wenn man die Wohnungstür offen ließe, auch noch ins Schlafzimmer schauen, in den Kühlschrank kucken, ins Bad, überallhin – man kann nichts dagegen tun.

Engländer schauen sich in Deutschland zum Beispiel am liebsten die Bunker und die Keller an, wo der Führer die letzte Nacht verbrachte und die Alliierten im Zweiten Weltkrieg die Deutschen bombardierten. Russen buchen gerne in Zürich die sogenannte Lenin-Route, alles Orte, an denen der Führer der russischen Revolution in großer Verzweiflung nach Geld und Kameraden suchte. Die Franzosen, deren Küche als Weltkulturerbe anerkannt ist, haben wiederum eine ganz neue Dienstleistung für Touristen entwickelt, die ihrer Kultur perfekt entspricht. Man kann sich bei einer echten französischen Familie zum Essen einladen lassen. Die Franzosen kochen angeblich gerne, und bei jeder großen Familie, bei der mindestens zehn Leute am Tisch sitzen, bleibt immer etwas Essen übrig. Da fallen ein paar Touristen gar nicht ins Gewicht. € 65,– pro Nase kostet der Spaß, in einer echten französischen Familie Mittag zu essen. Man muss sich natürlich rechtzeitig anmelden, alle mögliche Krankheiten und Allergien offenlegen, man darf im Nachhinein nicht meckern und nichts für die Oma mit nach Hause nehmen. Touristen aus der ganzen Welt stehen Schlange, um mit echten Franzosen zusammen zu essen. Es ist übrigens wissenschaftlich bewiesen, dass der Körper das Essen besser aufnimmt, wenn man es in größerer Gesellschaft zu sich nimmt, am besten in Anwesenheit des Kochs. Mit echten Franzosen an einem Tisch schmeckt das französische Essen bestimmt besser – so wie es sich auch zusammen mit echten Finnen in der Sauna besser schwitzen lässt.

Heuschrecken gleich überfallen erlebnishungrige Touristen jedes Land und beuten seine Einheimischen, seine Sehenswürdigkeiten und seine Eigenheiten aus. In Amerika scheint der Endzeittourismus große Mode zu sein: Die Amis haben alle Hotels in Mexiko zum Ende des Maja-Kalenders ausgebucht, sie wollen das Ende des Kalenders, das mit dem Ende der Welt einhergehen soll, aus dem Parterre anschauen, von dort, wo der Kalender zusammengesetzt wurde. Die risikofreudigen Russen reisen am liebsten zu den heißen Punkten des Planeten, dorthin, wo von Unruhen die Rede ist. Naturkatastrophen, Revolutionen, überhaupt Krisen können jeden Kurort zum Schnäppchen machen. Die russischen Touristen fuhren beispielsweise sofort nach Ägypten, als dort nach der Revolution die Hotelpreise fielen und die Strände leer waren. Der ägyptische Touristenminister trat im russischen Fernsehen mit einer Ansprache auf:

»Ganz egal, wie sich das Land politisch entwickeln mag, am Strand wird nicht gekämpft, das Wasser wird blau und klar, die Fische bunt, die Sonne rot bleiben. Russian people! Please, come back!«, beschwor er die Russen.

Früher hatte der Tourismus in Russland eine ganz andere Bedeutung. Sowjetische Touristen konnten keine fremden Länder bereisen, selbst in ihrem eigenen Land durften sie nicht überall hin. Anstatt fremde Menschen zu belästigen, suchten sie sich deshalb Orte aus, wo es außer ihnen niemanden gab. Sie gingen in den Wald, sie bauten Katamarane, um die wilden Seen hoch- und runterzufahren, oder sie bestiegen unwirtliche, steile Berge. Statt mit Vollpension und Fotoapparat waren sie mit Rucksack und Gitarre unterwegs. Der Sinn dieser Form des Tourismus war, sich selbst und der Welt die eigene Unabhängigkeit zu demonstrieren, zu beweisen, dass man sich weder von einer Ideologie noch von irgendeiner Weltordnung unterdrücken ließ. Es war eine Flucht in die Freiheit. Die Touristen wärmten sich am Lagerfeuer, lagen in Schlafsäcken auf der Erde, sammelten Pilze und Beeren, angelten wilde Fische, und wenn sie nichts an den Haken kriegten, kochten sie sich eine Suppe aus den dicken Mücken, die es in jedem russischen Wald millionenfach gab. Über diese Touristen wurden Lieder geschrieben, ihnen wurden Filme gewidmet und sogar ein romantisches Ballett namens *Verloren in der Taiga* aufgeführt.

Der sowjetische Staat hat selbstverständlich alles versucht, um den wilden Tourismus unter Kontrolle zu halten. Zu diesem Zweck wurden spezielle staatlich gelenkte Touristenverbände gegründet und sogar Medaillen und Auszeichnungen an junge Touristen verliehen. Ich habe selbst nach der Besteigung des Gawerla, eines

Berges in den Karpaten, die Auszeichnung »Verdienter Tourist der Sowjetunion« bekommen, ein kleiner Anstecker, dazu ein kleines Büchlein, in dem in fetter Schrift aufgelistet war, wo ich sonst noch überall hochklettern durfte – in den Grenzen meines Heimatlandes selbstverständlich.

Die Lust, sich fortzubewegen, sich zu beweisen, dass man trotz der eigentlichen Unmöglichkeit des Reisens nicht in einer toten, stehengebliebenen Welt lebte, war stark. Ich kannte viele, die jede Woche mit dem Zug hin und her fuhren, egal wohin. Hauptsache, die Räder rollten unter ihrem Sitz. Sie kauften sich für ihr letztes Geld eine Fahrkarte und fuhren am Wochenende so weit fort, wie es ging, nur um gleich nach der Ankunft wieder nach Hause zu fahren. Bei einem Arbeitskollegen meines Vaters hat sich dieser Reisezwang sogar zu einer schlimmen Reisepsychose entwickelt. Er konnte es keine zwei Tage an einem Ort mehr aushalten. Er wurde als Invalide vom Staat anerkannt und bekam eine Invalidenrente, die er voll und ganz für Zugfahrkarten verbrauchte. Zu uns kam er, um sich zu waschen, und zwar jedes Mal, wenn er in Moskau umsteigen musste. Ich erinnere mich gut: Ich kam von der Schule, er stand am Fenster im Treppenhaus und fragte nervös: »Ist dein Papa da?« Mein Vater kam immer erst spätabends von der Arbeit, und während seiner Abwesenheit traute sich sein seltsamer Gast nicht, uns zu belästigen. Erst mit meinem Vater zusammen betrat er unsere Wohnung – und verschwand sofort im Bad. Meinem Vater war diese

Freundschaft peinlich. Noch peinlicher war ihm allerdings, seinen Freund nicht mehr reinzulassen. So hielt er die ganze Zeit vor der Tür des Badezimmers Wache, während sein Freund, der ewige Tourist, sich drinnen auf eine weitere Reise vorbereitete.

Weil dieser sowjetische Tourismus eine Flucht vor der Realität des Alltags war, vergaß die sonst ziemlich vergessliche Planwirtschaft der Sowjetunion nie, stets in überausreichendem Maße touristisches Zubehör zu produzieren. All die Zelte, Kannen, Sperrholzgitarren, Gummistiefel, reißfesten Jacken mit Kapuze, im Volk beliebte Konserven mit so appetitlichen Namen wie »Das Touristenfrühstück«, alle diese Waren erfreuten sich großer Beliebtheit in der Bevölkerung. Rückblickend denke ich heute, wir waren damals alle irgendwie Touristen. Fremde im eigenen Land, die sich in einem Vakuum bewegten. Die Welt um uns herum war leer.

Unser bekanntester und bemitleidenswertester Tourist war natürlich Jurij Gagarin, der erste Mensch, der uneingeladen ins Weltall geflogen war, um ein paar Fotos von der ewigen Kälte zu knipsen. Wie einsam er sich auf dieser Reise gefühlt haben musste! Sein Flug war riskant, man wusste nicht hundertprozentig, ob er jemals zurückkommen würde. Keines der Experimente, die im Vorfeld seines Fluges stattgefunden hatten, ergab eindeutige Ergebnisse. Die Russen hatten damals nicht gleich einen Menschen ins All geschossen, sondern zunächst bloß Pflanzen, um zu sehen, wie es mit dem Sauerstoffwechsel dort oben klappen würde. Danach flogen Fliegen, später Hunde und jede Menge technische Geräte. Das Schicksal all dieser Geräte und Lebewesen war nicht jedes Mal gleich. Manche Tiere überlebten, manche starben, manche technische Geräte gingen kaputt. Irgendwann einmal war der Mensch an der Reihe. Ich stelle mir vor, wie er in seiner Kapsel in lebenserhaltende Schläuche gewickelt hin und her schwebte und nachdenklich aus dem Bullauge in den dunklen, endlosen Kosmos schaute. Tote Fliegen und ausgetrocknete Pflanzen schwebten an ihm vorbei, kaputte technische Geräte und mumifizierte Hunde, sonst nichts. Nur ein dunkler gastfeindlicher Weltraum, in den uns keiner eingeladen hatte. Der Kosmonaut musste sich sehr einsam da oben gefühlt haben und heilfroh gewesen sein, heil wieder zurück nach Hause gekommen zu sein.

Als unsere ideologischen Mauern fielen und die russische Gesellschaft sich öffnete, waren unsere Touristen nicht mehr auf Wälder und Berge angewiesen. Sie fuhren in die große weite Welt und verwirrten ganz sicher die Hotelkräfte des Westens mit ihrer Ausrüstung. Es gab nämlich viele Wunder der Technik in den russischen Rucksäcken. Allein der transportable russische Teewasserkocher sorgte in der Fremde schon für große Missverständnisse. Dieser Wasserkocher ist nichts anderes als ein Stück Draht mit einem Elektrokabel. Ein Ende wird in die Tasse mit Wasser gesteckt, das andere in die Steckdose. Jedes Kind im Westen weiß: Elektrogeräte haben in Wasser nichts verloren. Schließlich hat jeder den Krimi gelesen und den Film gesehen, in dem die

Oma in der Badewanne stirbt, weil ihr der Mörder ein Radio ins Wasser schmeißt, einen Ventilator oder einen an die Steckdose angeschlossenen Fön. Ja, ich glaube, es war der Fön, der in die Wanne geworfen wurde. Was soll so ein Kind aus dem Westen wohl über die mögliche Verwendung des russischen Wasserkochers denken, wenn »Wasser kochen« nicht in Frage kommt? Es wird darin bestenfalls ein Rätsel, schlimmer: ein Werkzeug des Teufels sehen.

Wir haben zu Hause so einen alten Wasserkocher als Relikt aus der früheren Zeit, nehmen ihn aber nie mit auf Reisen und vermeiden überhaupt, als Touristen unterwegs zu sein. Lieber fahre ich auf Einladung des deutschen Auswärtigen Amtes oder der Goethe-Institute ins Ausland, um dort Werbung für die deutsche Sprache und deutsche Kultur zu machen. Auf solche Reisen nehme ich, wenn es geht, die Familie mit.

Ganz ohne Tourismus geht es aber auch nicht, beispielsweise wenn die Kinder Schulferien haben und gerade keine Einladung aus einem fremden Land vorliegt. Dann müssen wir die Touristenkarte ausspielen. Selbstverständlich ziehen wir es auch dann vor, dorthin zu fahren, wo wir mindestens eine Person kennen. Das letzte Mal zu Ostern sind wir mit den Kindern nach Südfrankreich gefahren, in die Pyrenäen nahe der spanischen Grenze. Wir kannten dort jemanden.

»Wie in einer Alpina-Schokoladen-Werbung«, meinte meine Tochter und tat die Landschaft sofort als »zu schön« ab. Ich genoss die Schönheit der Pyrenäen ebenfalls mit Zurückhaltung. Ich weiß, dass Franzosen gerne übertreiben. Diese Übertreibung liegt hier bereits in der Natur. Die Sonne ist zu rot, und das Gras sieht so grün und frisch aus, dass man sich auf der Stelle wünscht, als Kuh wiedergeboren zu werden, und das am liebsten gleich drei Mal hintereinander. Die saftigen Wiesen, die weiten Felder und die kleinen lieblichen Flüsse, der Schnee, der perfekt über die Bergkuppen hängt – das Ganze will am liebsten in Geschenkpapier eingewickelt und unter den Weihnachtsbaum gelegt werden. Auf jeden Fall hatte ich dort ständig das Bedürfnis, meine Schuhe auszuziehen, um die Wiesen nicht zu schmutzig zu machen.

Die Bewohner Südfrankreichs sind übertrieben freundlich – sogar zu Touristen. Sie lächeln und küssen einander bei jeder Begegnung auf beide Wangen, sie grüßen Fremde grundlos und benehmen sich auch sonst oft so, als stünden sie unter Drogen. Allerdings haben sie in ihrem Paradies viel zu tun. Die Gegend hier ist für ihren süßen Wein, den Ziegenkäse und delikate Entenleberpasteten bekannt. Lächelnd und küssend bauen diese seligen Menschen ihren Wein an, melken die Ziegen und stopfen die Enten. Einmal habe ich in einem »Grundkurs für Schicksalseher« gelesen, es stehe jedem ins Gesicht geschrieben, was er täglich vor Augen habe. Daher wundert es mich nicht, dass die Bauern Südfrankreichs strahlen: Sie reflektieren bloß das, was sie jeden Tag vor Augen haben. Merkwürdigerweise überträgt sich diese Seligkeit nicht auf deutsche oder englische Touristen, die sich in der Gegend Häuser oder sogar Schlösser gekauft haben, um sich in der Natur zu entspannen. Viele von ihnen sehen frustriert aus, obwohl sie doch jeden Tag in die gleiche liebliche Landschaft wie die Einheimischen schauen. Viele fühlen sich vom Paradies betrogen, sie wollen ihre tollen Häuser verkaufen und wegziehen. Sie haben hier nicht das gefunden, was sie gesucht haben. Oder sie sind falsch abgebogen und ins falsche Paradies geraten.

Wir haben aus Courage unserem französischen Freund erzählt, wir würden uns auch gerne in Südfrankreich niederlassen, und mit ihm zusammen ein paar Häuser für und von Touristen angekuckt, die verkauft werden sollten. Das erste gehörte dem ehemaligen Tontechniker von Supertramp. Auf einem malerischen Hügel stand sein großes Haus, eigentlich ein kleines Schloss, mit mindestens zwanzig Zimmern, fünf Badezimmern, drei Küchen und jeder Menge Platz dazwischen. Mittendrin saß der ehemalige Tontechniker von Supertramp, schaute aus dem Fenster auf die Berge und trank schweren Rotwein.

An die Band Supertramp konnte ich mich noch erinnern, ich hatte ihren Sound in meiner Jugend gehört, als wir noch dumm und naiv waren. Wir hörten Black Sabbath, Deep Purple, Slade, Uria Heep und eben manchmal auch Supertramp auf Tonbändern, die wir schon damals nicht kauften, sondern überspielten. Das ist lange her. Der Tontechniker hatte inzwischen einen langen weißen Bart und von der Musikwelt die Nase voll. Er wollte sich zurückziehen, dorthin, wo ihn niemand fand. Doch man sah ihm an, dass ihn auch niemand so richtig gesucht hatte.

Wir kamen ins Gespräch. Als aufgeklärter kritischer Geist wollte der Mann keine Kinder in diese Welt voller Drogen und Leid setzen. Er hatte auch keine Amouren mit Frauen, denn viele Frauen gehen eine Beziehung ein in der Hoffnung, irgendwann vielleicht einmal eine Familie zu haben und Kinder zu bekommen. Er wollte die Frauen nicht enttäuschen und hielt sich deswegen von ihnen fern. Auch in Sachen Freundschaft war der Mann skeptisch. Er wusste aus seiner wilden Zeit mit Supertramp, dass viele nur so taten, als ginge es ihnen um die Freundschaft. In Wirklichkeit wollten sie bloß in der Künstlergarderobe bis an den Cateringtisch vordringen. Solche Leute bringen ihre Freunde mit, die wiederum ihre eigenen Freunde haben, schnell ist der Rotwein alle und sind die belegten Brötchen weggegessen. Nun saß der Supertramptechniker in seinem Haus wie Adam ohne Eva im Paradies und versuchte anscheinend abwechselnd oder gleichzeitig in seine fünf Klos zu kacken. Das Haus sah seltsam unbewohnt aus, obwohl in jedem Zimmer irgendeine Kleinigkeit lag, die an den Besitzer erinnerte – eine aufgeschlagene Kunstzeitschrift, Socken, ein leeres Rotweinglas.

In einem Zimmer lagen Pinsel und standen Bilder in den Ecken. Der Supertramptechniker erwies sich als leidenschaftlicher Maler, der in erster Linie Naturlandschaften malte. Ich glaube, er hat eine Dauerwerbesendung für sogenannte Zauberpinsel gesehen. Ich habe sie auch einmal gesehen und weiß daher, wie schwer es nach dieser Serie ist, kein Künstler zu werden. Ein Mann erklärt dort mit hypnotischer Stimme zwei Stunden lang, wie leicht es ist, mit dem richtigen Pinsel Naturlandschaften zu malen. Er übermalt dabei stets in Realzeit den Winter mit dem Sommer und den Sommer mit dem Herbst. Danach will jeder Maler werden. Der Supertramptechniker war aber Realist. Er hielt sich für keinen großen Künstler, er wollte das Haus verkaufen und mit dem Geld eine Galerie mit richtiger Kunst aufmachen. Wo genau, das hatte er noch nicht beschlossen. Entweder in Sydney oder in Paris.

Das zweite Haus war ein richtiges Schloss. Eine alte kinderlose Dame, der letzte Spross einer südfranzösischen Landadelsippe, hatte ihren Familiensitz an den Chef des Sicherheitsdienstes von BMW verkauft. Sie behielt sich aber das Recht vor, bis ans Ende ihrer Tage in der oberen Etage des Schlosses in ihrem Zimmer zu wohnen. Das Schloss stammte aus dem fünfzehnten Jahrhundert und war sicherlich im sechzehnten Jahrhundert das letzte Mal renoviert worden. Der Chef des Sicherheitsdienstes von BMW stellte schnell fest, dass er sich mit dem Kauf völlig übernommen hatte. Die zwei wichtigsten Immobiliengutachten, die in Frankreich unabdingbar sind – das Schwermetallgutachten und das Termitengutachten –, lagen zwar vor, doch erst nach dem Kauf stellte der Besitzer fest, dass mehrere Wände mit Bleifarbe bemalt waren. Und dem Dachdecker flogen die Termiten ins Gesicht, als er ein paar Kacheln auf dem Dach austauschen wollte. Termiten fliegen normalerweise nicht, ihnen wachsen nur dann Flügel, wenn eine Überpopulation entsteht, die nicht mehr in ein Haus passt. Dann fliegen sie los auf der Suche nach weiteren leckeren Schlössern mit viel Holz.

Dieses Schloss erwies sich also als ein Sparschwein ohne Boden. Der neue Besitzer war verzweifelt. Die wertvolle Immobilie sollte nämlich eigentlich genau das Gegenteil sein: ein Geschäft, eine zusätzliche Einkommensquelle, ein Hotel der gehobenen Klasse. Er wollte Geld damit verdienen. Die Frau des Besitzers wollte dagegen Kultur ins Schloss holen, Künstler und Philosophen einladen, Seminare und Denkwochen veranstalten. Die aus Deutschland eingeladenen Denker kamen auch gerne. Sie dachten zwei, manchmal sogar drei Wochen am Stück vor sich hin, zahlten aber nicht. Es ist sehr schwer, in Südfrankreich etwas mit Kultur auf die Beine zu stellen, beschwerte sich die Herrin des Hauses. Sie hatte Recht. Wer soll hier die Früchte dieser Kultur nutzen? Die Ziegenmelker? Die Weinbauern? Sie haben ihre eigenen Feste: das Weinfest, auf dem sie wie blöd Weinfässer um die Kurve rollen; oder das Ziegenfest, bei dem sie mit den Ziegen Versteck spielen. Und schließlich haben sie noch das Entendankfest, an dem sie den Enten für ihre Leber danken. Ein solches Fest braucht Kraft, es dauert den ganzen Tag. Abends sitzen sie dann in ihren Kneipen, tauschen Küsschen, trinken Wein und bemitleiden die Touristen, die es immer so schwer haben, sogar hier im Paradies.

An der Kirche

Wir waren nah am Ziel. Vielleicht ein, höchstens zwei Kilometer noch, den Weg gut vor Augen – immer geradeaus die Invalidenstraße entlang bis zum Ende der Straße, dann in die Brunnenstraße rechts, nein, lieber links einbiegen, bis zur Bernauerstraße oder besser noch weiter zu uns von West nach Ost, über den unsichtbaren Stacheldraht der Geschichte, an allen Sehenswürdigkeiten und Touristenattraktionen entlang, die von der vergangenen Stadtteilung übrig geblieben waren, vorbei an der Mauerbar, am Mauerrestaurant, am Mauermuseum und am Mauersouvenirkiosk, dann über den Mauerstreifen, den Mauerflohmarkt und den Mauerpark, und gleich dahinter wären wir schon bei mir zu Hause.

Mein Onkel ging langsam, er atmete schwer. Kaum hatte ich in meinen Erzählungen etwas ausgeholt und war ein wenig schneller gegangen, kuckte er reichlich mitgenommen, und sein Gesicht färbte sich rot.

»Halt mal an, warte, lauf nicht so schnell!«, bat er. »Ich habe mir das Ausland viel gemütlicher vorgestellt. Ich möchte nicht als Invalide auf der Invalidenstraße enden. Was ist das überhaupt für eine finstere Gegend?«

Keine Ahnung, wieso er die Invalidenstraße so finster fand. Wahrscheinlich wegen der vielen traurigen Einrichtungen, die uns an die Endlichkeit des Daseins, an Tod und Verwesung erinnerten. Wir gingen an einem großen Altersheim vorbei, an einem Krankenhaus, an mehreren Apotheken, an einem Bestattungsunternehmen, einer Kirche mit dazugehörigem kleinem Friedhof, und davor waren wir an einem größeren Friedhof vorbeigekommen.

»Ist das eine christliche Kirche?«, fragte mein Onkel interessiert. »Ist sie evangelisch oder katholisch?«

Ich bin hundertmal an dieser schönen kleinen Kirche am Nordbahnhof vorbeigelaufen, konnte aber seine Frage nicht eindeutig beantworten. Ich kann Kirchen schwer unterscheiden. An dieser stand zum Beispiel, sie sei die Kirche der heiligen Elisabeth, einer Katholikin also, die Invaliden geholfen, viel Leid erfahren und einen frühen Tod gefunden hatte. Aber die Kirche sah bescheiden, verlassen und einsam, also irgendwie sehr evangelisch aus. Ich wusste nicht einmal, ob das eine funktionierende oder eine Museumskirche war. In vielen Kirchen wird heutzutage ein Kulturprogramm geboten, Punkbands dürfen dort auftreten, Künstler ihre Werke ausstellen. Moderne Priester unterstützen jede Art von Glauben. Sie umwerben den wenig Gläubigen, den an etwas anderes Gläubigen, und sogar den gläubigen Ungläubigen gegenüber sind sie tolerant geworden. Sie tun alles, Hauptsache, die Kirche steht nicht leer.

Ich bekomme ebenfalls oft Einladungen, in Kirchen aufzutreten, zu lesen oder gar eine Russendisko auf dem Altar zu veranstalten. Ich habe einige Male zugesagt und fühlte mich unwohl dabei, ich schämte mich. Vor allem des Publikums wegen. Wenn sich schon jemand entscheidet, in die Kirche zu gehen, so dachte ich, dann will er dort wahrscheinlich Gott nahe sein oder dem Priester, aber ganz sicher nicht der Russendisko. Solche Bedenken kamen mir zuletzt in Hannover, in der ehemaligen Luther-, jetzt Jugendkirche, wo ich sie meinen Gastgebern gegenüber zur Sprache brachte.

»Wir wollen die Kirche für alles, was Leben ist, öffnen. Hier drin soll es wie da draußen sein«, meinte die Pfarrerin. Und ein junger Theologe, der Torsten hieß, wie ich seinem Namensschild entnehmen konnte, nickte zustimmend. Sie hatten deswegen neben Früchtetee auch Alkohol im Angebot. Alkohol sei eine salonfähige Droge geworden, also auch ein Stück Leben, behaupteten sie. Von Gewissensbissen geplagt verlangte ich sofort nach einem Schnaps. Die Pfarrerin hatte aber nur Bier und Wein hinter dem Kirchentresen, Schnaps war anscheinend doch nicht salonfähig genug. Der junge Theologe brachte mir aus dem Kiosk nebenan eine große Flasche Weinbrand. Die Kirche füllte sich langsam mit Publikum, wir gingen mit der Pfarrerin und Torsten vor die Tür, um eine zu rauchen.

»So viele Menschen hatten wir schon seit langem nicht mehr hier«, freuten sich meine Gastgeber. Trotz des Weinbrands hatte ich immer noch Skrupel.

»Ist es richtig, im Gotteshaus zu tanzen«, murmelte ich unentschlossen.

»Hey, machen Sie sich da mal keine Sorgen«, mischte sich der junge Theologe ein. »Wir übernehmen die Verantwortung. Jesus hat auch Partys gemacht. Jawohl! Er hat die Händler aus der Kirche vertrieben und Partys veranstaltet.«

»Aber ich bin nicht Jesus«, erwiderte ich.

Die Veranstaltung kam mir so vor, als würde eine Veganer-Kantine einen Sonntagsschweinebraten anbieten, um mehr Kundschaft zu haben. Die schmale Grenze kirchlicher Toleranz verlief irgendwo zwischen Wein und Schnaps, zwischen Russendisko und Gruftifestival. Ich versuchte damals in Hannover, Sanfteres aufzulegen – Folk, Reggae, Balladen. Das Publikum reagierte unterschiedlich: Einige gingen sofort, andere standen stramm in einer Ecke im Kerzenlicht, ein paar sprangen wie wild auf der Kirchentanzfläche herum. Die Pfarrerin und Torsten waren gut drauf, sie strahlten. Drei russische Mädchen blitzten mit ihren Fotoapparaten in der Dunkelheit. Von ganz oben, so schien mir, aus der hohen Kuppel der Kirche, kamen wohlwollende Signale, dass jedem verziehen werde, über jeden gelacht und geweint und getrauert werde, und mehr brauche es nicht. Es war an diesem Abend eine funktionierende Kirche, denke ich. Doch wie unterscheidet man eine funktionierende von einer Museumskirche? In Köln hat die Stadt viele leerstehende Kirchen Ausländern angeboten, Kroaten, Polen, Bulgaren und anderen Ankömmlingen aus christlichen Ländern. Sie mussten sich um die Kirche kümmern und bekamen dafür das Recht, dort einmal in der Woche einen Gottesdienst in der Sprache ihres Heimatlandes abzuhalten. Im Handumdrehen wurden aus diesen Kirchen kleine Ghettos, wo sich Menschen einer Tradition, einer Sprache, eines Landes zusammenfanden.

Ich habe als Kind und später als Jugendlicher an dieser Religionsproblematik völlig vorbeigelebt. Mir fehlte jede Art religiöse Erziehung, und ich fange an zu stottern, wenn ich nach Judentum, Christentum oder irgendeinem anderen -tum gefragt werde. Meine Eltern waren nicht einmal Atheisten. Sie waren immer zu beschäftigt gewesen mit den alltäglichen Problemen des Seins und hatten daher keine Zeit gehabt, sich groß mit Fragen des Bewusstseins zu beschäftigen. Dafür haben sie ohne Depressionen, glücklich und ahnungslos vor sich hin gelebt.

Unsere Moskauer Nachbarn, die Familie Morsin, waren dagegen sehr religiös. Sie hatten zwei Söhne, Andrej und Alexander. Andrej starb bei einem selbstverschuldeten Autounfall, er war betrunken gewesen, Alexander arbeitete im Energieministerium. Einmal fuhr er nach Afghanistan, um der damaligen kommunistischen Führung des Landes beim Aufbau einer Starkstromanlage zu helfen. Alexander hatte aber vergessen, seine Eltern über das genaue Datum seiner Abreise zu informieren. Eines Tages bekam seine Mutter ein Telegramm: »Bin endlich angekommen, ist furchtbar heiß hier. A. Morsin.« Die Mutter dachte wahrscheinlich, ihr verstorbener Sohn hätte sich aus der Hölle gemeldet, und bekam eine echte Krise. Seitdem ist die Familie gläubig.

Meine Eltern kannten sich mit den Weltreligionen nicht aus, aber sie waren nicht ungläubig, im Gegenteil, sie glaubten an alles. Sie glaubten, dass man gegen den sowjetischen Staat im Lotto gewinnen könne. Sie glaubten an die heilende Wirkung von Vogelbeerschnaps, mein Vater machte selbst welchen. Zeitweise glaubten sie sogar an eine strahlende Zukunft im Sozialismus. Und sie glaubten jede meiner Geschichten, die ich aus der Schule mitbrachte, ganz egal, was ich erzählte. Heute würde ich sagen, meine Eltern waren schwer leichtgläubig. Nur in Religionsfragen zeigten sie eine seltsame Zurückhaltung und hegten großes Misstrauen jeder Art Erleuchtung oder Erlösung gegenüber. Selbst die vage Möglichkeit der Existenz eines oder mehrerer Götter gaben sie nur unwillig zu. Ein Leben nach dem Tod lehnten sie kategorisch ab.

Gemäß der russischen Religionsentwicklung, die sich wie eine Achterbahn bergauf und bergab bewegte, erwischten wir in den Neunzigerjahren eine Phase religiöser Wiedergeburt. Das Ideal einer gerechten menschlichen Gesellschaft wurde erst einmal begraben, und viele ehemalige Kommunisten gingen in die Kirche. Die Menschen suchten mehr oder weniger verzweifelt nach einem geistigen Halt, und alle fanden irgendetwas, nur meine Eltern nicht. In den Neunzigerjahren blühten in Russland hunderte von Religionen auf, die bekanntesten waren das Christentum für die Älteren und der Buddhismus für die Jüngeren. Manchmal trafen sich beide Religionen in einer Familie.

Unsere Moskauer Nachbarn, die Eltern von Alexander und dem verstorbenen Andrej, wurden orthodoxe Christen. Ihr Papa, ein ehemaliger Major, der beruflich und auch privat bestimmt viel gesündigt hatte, ließ sich einen Bart wachsen, aber vorsichtshalber erst einmal noch nicht taufen. Eigentlich, so erzählte er meinem Vater in einem Anfall von Aufrichtigkeit, sollte man sich als orthodoxer Christ so spät wie möglich taufen lassen, am besten kurz vor dem Tod. Nach christlichem Glauben bist du ohne Taufe für Gott nicht sichtbar, jedenfalls nicht als Christ, deine Sünden können dich erst nach der Taufe belasten. Und umgekehrt zählt alles, was einer vor der Taufe falsch gemacht hat, danach nicht mehr. Dieser Logik folgend träumte der Major quasi von einer Fortsetzung seiner Karriere im Himmel. Sein Ziel war es, sich auf dem Sterbebett taufen zu lassen und als reines Christenkind gen Himmel zu fahren. Es konnte eigentlich nichts schiefgehen, er hatte sein religiöses Konzept gründlich durchdacht. Es hatte nur eine Schwachstelle: das Risiko eines plötzlichen Todes wie bei seinem jüngsten Sohn, der sogar ein Warntelegramm aus der Hölle geschickt hatte. Ein plötzlicher Tod – was konnte man dagegen tun? Ein Auto, das zu schnell um die Ecke fuhr, ein Stein, der vom Dach fiel – solche zwar nicht zu erwartenden, aber theoretisch durchaus möglichen Unfälle vergifteten den Glauben des Majors und zwangen ihn, ständig nervös um sich zu schauen. Er benahm sich äußerst vorsichtig, ging langsam und konzentriert über die Straße und blieb nach 18.00 Uhr grundsätzlich zu Hause.

Sein Sohn, der inzwischen die Arbeit im Energieministerium verloren hatte, teilte die Überzeugungen seines Vaters nicht, er war Buddhist. Nicht irgendein Sektenmitglied oder Krischna-Anhänger, wie sie damals an vielen Ecken Moskaus auftauchten, mit kahlrasierten Köpfen und bunten Gewändern durch die Straßen zogen und dabei laut ihr eintöniges Loblied auf Krischna sangen. Der Sohn des Majors war ein ganz normaler, ein traditioneller Buddhist auf dem Weg zur Erleuchtung. Auf diesem Wege musste er sich von Stress sowie allen Leiden, Gelüsten und Verwirrungen befreien. Eine höllisch komplizierte Arbeit, die die gesamte Zeit eines Mannes in Anspruch nahm. Es traf sich, dass der Sohn des Majors keine Arbeit und keine Freundin mehr hatte.

Über den Buddhismus hatte ihn ein Freund aufgeklärt. Der ganze Stress im Leben komme daher, dass man sich, genauer gesagt seinen Geist, stets für oder gegen etwas aufputsche, mal durch eine kritische Sicht auf das Geschehen, mal durch Wünsche und Träume, Zwänge und Verbindlichkeiten. Beides mache den Menschen dumm, es verneble seinen Geist. Dagegen halfen nur zwei Dinge: Meditation im Sitzen und monotone physische Arbeit an der frischen Luft. Holz hacken sei zum Beispiel sehr gut für die Erleuchtung, ebenso das Umgraben der Erde.

Solche Möglichkeiten zur geistigen Stärkung hatte der Sohn des Majors nicht, wir lebten in einer Großstadt in einem Haus mit Zentralheizung. Es gab dort kein Holz zu spalten und nichts zu pflügen. Als Alternative strickte der Sohn des Majors auf dem Balkon, in der Erwartung, beim Stricken irgendwann einmal die endgültige Erleuchtung, die ewige Ruhe zu erreichen, wo ihm dann nichts, aber auch gar nichts mehr etwas anhaben konnte.

Sein Vater mochte dieses erwartungsvolle Stricken nicht, er glaubte, mit seinem Sohn stimme etwas nicht. Dasselbe dachte der Sohn über seinen Vater. Die ebenfalls streng gläubige Mutter hielt strikte Neutralität. Die Männer besprachen ihre Probleme jedoch nie miteinander, sondern nur mit uns, mit mir und meinem Vater, sodass wir bestens im Bilde waren über die geistig religiöse Entwicklung unserer Nachbarn. Die beiden lebten in einer Art religiöser Gemeinschaft zusammen – der Vater als nicht getaufter Christ, der Sohn als strickender Buddhist. Seitdem sind viele Jahre vergangen. Ich habe gehört, der Vater sei inzwischen im Himmel und bestimmt General, der Sohn arbeite bei Gazprom in der Buchhaltung.

In Russland habe ich in all den Jahren nur einmal eine Kirche besucht. Die Kirchen fielen im Straßenbild Moskaus nicht besonders auf, aber ich kannte eine neben der Metrostation Sokol in der Nähe meiner Theaterschule. Es war eine kleine, in sich zusammengeschrumpfte Kirche, eingeengt zwischen großen pathetischen Wohnhäusern, mit bettelnden alten Frauen in schwarzen Gewändern, die immer auf der Treppe vor dem Kircheneingang saßen und Unverständliches murmelten. Die Kirche sah merkwürdig traurig aus, wie der Vorraum eines Friedhofs, ein Überbleibsel aus dunkler Vergangenheit, ein Tor in eine andere Welt.

Dort, wo das berühmte Schwimmbad Moskau neben der Metrostation Kropotkinskaja stand – benannt zu Ehren des Überväterchens der russischen Anarchie –, war zuvor ebenfalls eine Kirche gewesen. Wir fuhren mit der Schule zum Schwimmunterricht dorthin. Das Bad war die größte öffentliche Badeanstalt Russlands unter freiem Himmel und wurde an die Stelle einer großen Kirche gebaut, die nach der Revolution von den Bolschewiken gesprengt worden war. Alle Kinder Moskaus schwammen dort. Sogar meine Eltern gingen manchmal am Wochenende in dieses Schwimmbad, obwohl wir, weit vom Zentrum entfernt, drei Bushaltestellen von der letzten Metrostation am Rande der Stadt wohnten.

Hundert Meter hinter unserem Haus lag der Moskauer Ring, eine Art Autobahn, die unsere Stadt umrundete. Auf der anderen Seite des Rings befand sich eine Hühnerfarm und ein kleines halbleeres Dörfchen namens Krilatskoe (»Geflügeltes« auf Deutsch). Die letzten Bewohner dieses Dorfes waren auf der Hühnerfarm beschäftigt und hielten auch in ihren Höfen Hühner, sodass dort ständig Federn durch die Luft flogen. Vielleicht hat das Dorf deswegen seinen Namen bekommen. Die Häuser standen auf malerischen Hügeln, »Geflügelte Berge« genannt, und jeder im Bezirk wusste, dass das Dorf nicht mehr lange Bestand haben würde. Es war nur eine Frage der Zeit, bis man es abreißen würde. Moskau wuchs schon damals langsam, aber unaufhaltsam. Die Stadt vergrößerte sich wie ein Tintenfleck in alle Richtungen. Heute liegt diese Gegend schon beinahe im Zentrum, aber damals fühlten wir uns wie Aborigines – mit der Natur noch quasi vereint. Als Kinder gingen wir immer auf die andere Seite des Rings in »Geflügeltes« zum Spielen, im Sommer mit unseren Fahrrädern, im Winter auf Skiern, um von den Hügeln runterzufahren. Später, als Jugendliche, sind wir zum Biertrinken dort hingegangen. Man kann sagen, Geflügeltes war unsere Schweiz. Die wenigen Bewohner des Dorfes freuten sich über uns Jugendliche und haben nie versucht, uns zu verscheuchen.

Die Hauptattraktion des Dorfes waren jedoch nicht der steile Berg in der Mitte und nicht die freundlichen Einwohner, sondern die Ruine der sogenannten »Geflügelten Kirche«, die unten im Tal zwischen den Hügeln stand. Es war eine im Krieg zerstörte Kirche, die in zwei Hälften zerfallen war, als hätte sie jemand mit einem Messer diagonal von rechts nach links aufgeschnitten. Der Legende nach war sie vor langer Zeit zu Ehren des Sieges über Napoleon gebaut und nach der Revolution an eine Kolchose abgegeben worden, die sie als Kartoffellager benutzte. Während des Krieges flog ein Flugzeug in die Kirche, es brannte aus, explodierte aber nicht. Zwei Jahrzehnte nach dem Krieg hing das abgebrannte Heck dieses Flugzeuges noch immer aus der Ruine, ich habe es auf Fotos meines Vaters gesehen. Ob es ein deutsches oder ein russisches Flugzeug war, darüber stritten sich die Geister im Dorf. Die einen meinten, es wäre ein deutscher Kampfjäger gewesen, der von unserer Flugabwehr vom Himmel geholt worden war. Die anderen behaupteten, dass es ein sowjetischer Abfangjäger gewesen sei, dem während des Fluges der Treibstoff ausgegangen war.

Die Ruine der Geflügelten Kirche zog Menschen aller Altersgruppen an. Kinder liefen dorthin, um Versteck zu spielen, und für Jugendliche war sie ein begehrter Lagerfeuerplatz. Einsame junge Männer, von Liebeskummer und Portwein getrieben, Pärchen auf der Suche nach einem lauschigen Plätzchen – alle fanden in der Ruine der Geflügelten Kirche Asyl. Die ältere Generation stand an Sonn- und Feiertagen sogar Schlange hinter der Ruine. Direkt hinter der Ruine sprudelte nämlich ein Bach aus der Erde, mit angeblich sehr wohlschmeckendem Wasser. Man munkelte, es heile obendrein Magen- und andere Geschwüre. Die Großmütter aus unserem Bezirk und den umliegenden Dörfern fuhren extra mit leeren Plastikflaschen, Blechkannen und Eimern hierher. Manche verfielen dabei einem regelrechten Wasserwahn, und ich habe dort Frauen gesehen, die den ganzen Sonntag neben der Quelle saßen und ihre Füße in Töpfen mit dem Wasser badeten. Meine Eltern, auch sonst ziemlich abergläubisch, waren eine Zeit lang ebenfalls diesem Wasserwahn verfallen. Jeden Sonntag joggte mein Vater mit einem Kanister zur

Quelle und zurück. Wir haben damals viel von diesem heiligen Wasser getrunken, es schmeckte ein wenig süßlich, aber eine heilende Wirkung konnte ich nicht feststellen. Andererseits fehlte mir auch nichts. Ich glaube, die meisten Patienten, die sich um die Quelle der Geflügelten Kirche scharten, hatten sich ihre Krankheiten nur eingebildet. Sie hätten ihre Leiden genauso gut mit Wasser aus der Leitung heilen können.

Auf jeden Fall war dieser Bach die spirituelle Quelle unseres Bezirks. Er war der Ersatz für Religion, Heimatkunde, Glaube, Liebe und Hoffnung. Und jede spirituelle Quelle will kontrolliert werden. So bekam auch der Bach hinter der Ruine einen eigenen Aufpasser, der sich wie aus dem Nichts aus dem klaren Wasser herauskristallisiert hatte: ein Mann unbestimmten Alters mit einem zerzausten Bart und ewig verlöschten Papirossi im Mundwinkel, ein ehemaliger Arbeiter der Hühnerfarm, der anscheinend nichts Besseres mehr zu tun hatte, als jeden Tag neben der Quelle zu sitzen, die Versteck spielenden Kinder aus der Ruine zu jagen, die Pärchen beim ersten Kuss zu überraschen und leere Flaschen sowie anderen Müll neben dem Lagerfeuerplatz in seiner schwarzen Stofftasche zu sammeln. Außerdem hinderte er die Omas daran, ihre Füße oder andere Körperteile in den Bach zu stecken. Er verkaufte leere Plastikgläser für fünf Kopeken das Stück an alle, die mit leeren Händen gekommen waren und nicht aus der Hand trinken wollten. Wir nannten diesen komischen Kauz den Priester der Geflügelten Kirche.

Mit der Perestroika begann schließlich eine neue Zeitrechnung. Überall in Moskau schossen Kirchen aus dem Boden wie Pilze im Wald nach einem leichten Herbstregen. Das Schwimmbad Moskau wurde zugeschüttet und an seiner Stelle die große Kirche wiederaufgebaut, diesmal noch größer und pompöser als die alte. In unserem Bezirk veränderte sich sogar die Landschaft. Die Hühnerfarm wurde, da nicht kapitalistisch genug, aber auch wegen ihres Gestanks, geschlossen. Anstelle des Geflügelten Dorfes sollte eine Neureichensiedlung entstehen, zumal die Gegend als ökologisch einwandfrei galt und es die Reichen auf der ganzen Welt außerdem vorziehen, sich auf Hügeln niederzulassen. Angeblich ist die Luft erheblich besser, wenn man zehn Meter näher am Himmel wohnt. Um den Umbau zu beschleunigen, rissen die Baufirmen die alten Häuser nicht nacheinander ab, sondern sprengten kurzerhand alle an einem einzigen Tag. So wurde das Geflügelte Dorf zumindest bei seinem Ende seinem Namen gerecht. Die Häuser flogen in die Luft und bescherten uns einen merkwürdigen Hagelregen aus kleinen dunkelgrauen Phenoplastkügelchen, die in großen Mengen vom Himmel fielen. Niemand wusste genau, woher das Zeug kam, aber wahrscheinlich waren es Teile des pulverisierten Hühnerdorfes.

Die ökologisch bewussten Neureichen ließen die Kirchenruine akkurat entsorgen, den Bach in ein Häuschen aus Panzerglas einhüllen und den Priester verjagen. Er gilt seitdem als verschollen, niemand hat ihn je wiedergesehen. Die neuen Bewohner sind alles gutgläubige Menschen, wie es heute in Russland Mode ist. Sie tun es ihrem Präsidenten und dem Premierminister nach und gehen an jedem religiösen Feiertag in die großen pompösen Kirchen der Hauptstadt, um dem Gottesdienst zu lauschen und sich erleuchten zu lassen. Sie atmen eine bessere Luft, joggen zwischen den Hügeln und haben angeblich so gut wie nie Magengeschwüre.

Meine Großmutter, die in einem Haus in der Nähe wohnte, mochte das heilende Wasser aus dem Bach hinter der Geflügelten Kirche sehr. Wie blöd, sagte sie, als sie mit 96 Jahren sterben musste. Sie hatte Revolution und Krieg überlebt, durfte nach dem Krieg mit zwei kleinen Kindern nicht in ihre Heimatstadt zurück, pendelte ein halbes Jahrhundert ohne festen Wohnsitz durch das Land, hatte zwei Dutzend verschiedene Arbeitsstellen und trug ein Dutzend Lebenspartner zu Grabe. Wie blöd, sagte sie, und wie schnell. In ihrem Nachlass entdeckte ich zum ersten Mal volkstümlich-christlich religiöse Literatur. Wir blätterten mit Freunden die alten Bücher in der Küche durch. Viele komische Bilder waren dabei. Besonders lächerlich fanden wir die Hölle und das Paradies. Die Hölle, in der die Sünder bei hohen Temperaturen kochten, erinnerte uns an die russische Sauna. Auch das Paradies erinnerte lustigerweise an eine Sauna, wo schon gewaschene Sünder in weiße Tücher gehüllt auf der Suche nach ihren Hosen herumirrten.

Unsere irdische Welt hat wesentlich mehr Schrecken

zu bieten als die gemalte Hölle in dem Buch. In dieser Welt schmort jeder in seiner persönlichen Hölle und glaubt noch, er sei im Paradies. Und viele fragen sich, was danach kommt. So kurz und unbefriedigend wie ein spannender Krimi, der sich am Ende nicht auflöste, durfte das Leben doch nicht sein. Deswegen bemühen sich die Menschen aller Religionen, sich selbst ein anständiges Leben nach dem Tod in Aussicht zu stellen, ob als gekochter Sünder, als kleiner weißer Vogel oder als unsichtbarer Geist, egal wie, egal als was, Hauptsache, es geht irgendwie weiter.

Die Angehörigen des christlichen Kulturkreises haben klare Vorstellungen, wie ihr unsterblicher Geist nach dem Tod aussieht. In amerikanischen, europäischen und russischen Filmen wird er immer auf ähnliche Weise dargestellt: Wenn der Held stirbt, tritt sein Geist aus ihm heraus, der dem Verstorbenen verblüffend ähnlich sieht. Er hat dieselbe Größe, dieselbe Figur und sogar die gleichen Klamotten an. Der Geist kann alle sehen und hören, nur ihn selbst sieht keiner. Eine Zeit lang ist er verwirrt und kann nicht begreifen, was passiert ist, aber schnell findet sich der Geist in den Filmen zurecht und nimmt die irdischen Tätigkeiten des Verstorbenen wieder auf. Er will unbedingt endlich mit seiner Witwe über die Liebe reden oder eine wichtige Arbeit, die er zu Lebzeiten immer wieder aufschieben musste, zu Ende bringen. Noch öfter geht der Geist in diesen Filmen auf Rachefeldzug. Er will sich an jenen Menschen rächen, die ihm den Tod brachten, und er nutzt seinen Vorteil, unsichtbar zu sein, um Angst und Schrecken unter seinen Feinden zu verbreiten. Was aber macht der Geist, wenn er mit all seinen Aufgaben fertig ist? Er kann nicht ein zweites Mal sterben, denn er ist bereits tot. In den meisten Filmen geht der Geist ins Licht, wenn er mit allem Irdischen fertig ist. Das Licht symbolisiert ein weiteres, überirdisches Leben in der Sonne, ein All-inclusive-Paradies. Das ist natürlich ein protestantisches Bild der Erlösung. Katholiken können nicht so einfach ins Licht gehen. Sie müssen in der Zeit nach dem Tod und vor dem Himmel in einem speziell dafür eingerichteten Zwischenraum ausharren, wo sie sich innerlich mit ihren Sünden auseinandersetzen, d.h. über all die verpassten Chancen, Gutes zu tun, grübeln und darüber, wie sie ihre kostbare Zeit auf Erden für nichts und wieder nichts verschwendet haben, dem falschen Glitzer hinterherrannten, den Rücken zur Sonne drehten. Alle versäumten Freundschaften, verratenen Liebschaften, verschmähten Kinder, verspeisten Kaninchen und zerdrückten Ameisen sollen sie betrauern und auf die Großzügigkeit des Schöpfers hoffen.

Das Jüngste Gericht wird in Filmen so gut wie nie dargestellt, weil die Regisseure ihren Zuschauern wahrscheinlich nicht vorzeitig die gute Laune verderben wollen. Im Selbstverständnis des russisch-orthodoxen Christentums kommt niemand sündenfrei davon, denn das ganze Leben ist eine einzige Versuchung, ein pausenloser Kampf mit dem inneren Teufel. Als Grigori Rasputin, ein orthodoxer Wanderprediger und Herzensfreund der letzten russischen Zarin, von der Öffentlichkeit beschuldigt wurde, stark alkoholisiert mit mehreren Damen zusammen die Sauna besucht zu haben, erklärte er der Öffentlichkeit naiv, dies sei sein persönlicher Kampf mit dem Bösen gewesen, er würde auf diese Weise den Teufel in sich herausfordern. Sollte es ihm gelingen, die Damen in der Sauna trotz ihrer Nacktheit nicht anzubaggern, so habe er das Böse besiegt. Auf konkrete Nachfragen der Zeitungen, wie nun der Kampf mit dem Bösen ausgegangen sei, antwortete Rasputin ausweichend: Dies sei ein Kampf auf Lebenszeit, vorläufig stehe es 5:8 für den Teufel, aber er sei guter Dinge und festen Glaubens, die Situation in der Teufelssauna zu kippen. Diese Rasputin'sche Sauna ist die russische Hölle und gleichzeitig das russische Paradies. Sie sagt: Lebt! Man muss nicht warten, bis man stirbt, um sein Verhältnis zur Welt zu klären. Zum Teufel mit dem Leben »danach«, lass uns in diesem Leben herumprobieren, fallen, leiden, Buße tun – aber nie aufgeben.

Von Mauern und Zäunen

Was konnte aus dieser Nacht noch werden außer ein schöner Morgen? Der Horizont färbte sich langsam rosa, während mein Onkel und ich noch immer auf der Straße der Invaliden umhertorkelten, die uns endlos schien. Selbst gesunde Menschen, die einmal auf diese Straße gelangen, können mit der Zeit zu Invaliden werden. Später werden aus Invaliden Veteranen, zumindest geht die Invalidenstraße in die Veteranenstraße über. Mein Onkel humpelte bereits leicht, ich hatte seine Ausdauer und seine Kräfte anscheinend doch überschätzt. Es war völlig leichtsinnig von mir, den alten Mann nach einer solch anstrengenden Reise zu Fuß durch die Invalidenstraße zu zerren. Ihm war unser nächtlicher Spaziergang eindeutig ein paar Kilometer zu lang. Mein Onkel ließ sich jedoch nichts anmerken, er quengelte nicht, fragte nicht, wie lange noch, wie spät und wie weit, stattdessen interessierte er sich für alles, was in seinen Augen nach Sehenswürdigkeit aussah. Im frühmorgendlichen Nebel roch es nach frischem Holz und Zement. Links und rechts von uns ragten die Pfeile der Baukräne in den Himmel, endlose Baustellen, wohin man blickte.

Um unsere Route abzukürzen, beschloss ich, gleich nach der Kirche links in die Brunnenstraße abzubiegen. Sie ging zwar ziemlich bergauf bis zur Bernauer, doch dort konnte ich meinem Onkel den historisch trächtigen Ort zeigen, wo früher die Mauer stand. Ab hier kannte ich eine noch bessere Abkürzung durch ein Loch im Zaun einer Baustelle. Wir wären dann selbst mit dem umständlichen Koffer zehn Minuten später zu Hause gewesen.

»Wir sind fast am Ziel«, beruhigte ich meinen Onkel. »Lass uns etwas schneller gehen, ich möchte dir unsere größte unsichtbare Sehenswürdigkeit, den Mauerpark, zeigen.« In Wirklichkeit wäre uns diese Sehenswürdigkeit natürlich nicht weggelaufen, auch wenn wir später gekommen wären. Eile war nur gefragt, weil das Leben auf Berliner Baustellen sehr früh beginnt. Ich wollte nicht, dass uns irgendwelche Arbeiter die angepeilte Abkürzung durch die Baustelle stahlen.

Mein Onkel war verblüfft über die großen Bauvorhaben. Die vielen Kräne erinnerten ihn an den Hafen, in dem er früher einmal gearbeitet hatte. Ob Deutschland gerade einen Bauboom erlebe, fragte er mich. Da musste ich lachen. Als ich vor vielen Jahren zum ersten Mal nach Berlin gekommen war, hatte ich schon überall die gleichen Baukräne und Baugruben gesehen. Die meisten Bewohner kleideten sich auch wie Bauarbeiter, viele hatten einen Hammer oder eine Kneifzange in der Tasche. Ganz Berlin war eine einzige Baustelle. Straßenbahngleise wurden ausgetauscht, alte Straßen asphaltiert, neue Straßen verlegt, Wasserleitungen und Kanalisation ausgetauscht, alte Häuser renoviert und neue hochgezogen. Nicht das Kreischen der Vögel, das Jaulen der Betonmischer war das spezielle Berliner Geräusch, das jeden diese Stadt mit geschlossenen Augen erkennen ließ. Und es fing schon um sechs Uhr morgens an zu lärmen. Macht nichts, dachte ich damals naiv, irgendwann, wenn sie fertig sind, ziehen die Kräne ab, dafür wird eine wunderschöne fertiggebaute Stadt da sein, die Vögel werden wieder zwitschern und anstelle der Betonmischer die Akustik der Stadt dominieren.

Inzwischen ist ein Vierteljahrhundert vergangen, und ich weiß, sie werden nie fertig sein. Mein Wunschdenken von damals wird für immer eine Illusion bleiben. Das Bauen ist des Deutschen Lebenssinn. Er ist niemals zufrieden mit dem, was da ist, und will es immer besser, solider, sicherer, eben alles richtiger machen, als es ohnehin schon ist, bis ihm selbst irgendwann der Kragen platzt und er alles Gebaute wieder kaputt macht. Doch bis dahin dauert es. Auch dort, wo die Straßenbahngleise noch wie neu aussehen, werden sie ausgetauscht. Straßen, denen nichts fehlt, werden noch besser gemacht, Häuser ebenfalls, und kaum sind die Arbeiter an einem Ende fertig, fangen sie schon am anderen Ende wieder an. Je mehr Zeit und Kraft ein Bauvorhaben in Anspruch nimmt, desto besser. Daher war der zuletzt größte und wichtigste Bau der Deutschen die Berliner Mauer, die sie zuerst in einem Anfall aus Übermut gebaut, ständig verbessert und renoviert und dann in einem Akt kollektiver Bauwut wieder abgerissen haben. Zwischendurch haben sie auch noch versucht, mit allen Mitteln die Mauer zu durchqueren, unter ihr einen Tunnel zu graben oder über sie hinwegzufliegen.

Nach dem Abriss, der wie eine große Revolution, ein Sieg des Volkes über eine feige Politik gefeiert wurde, bauten sie anstelle der Mauer ein Mauermuseum mit einem Mauercafé und einer ständig wechselnden Mauerausstellung, die noch immer kräftig ausgebaut wird und deswegen die ganze Gegend wie eine Baustelle aussehen lässt. Außerdem haben sie Millionen kleiner Mauerteile als Souvenirs produziert, um sie an Touristen zu verkaufen, die diese Mauer für die größte Sehenswürdigkeit der Deutschen halten. Alle bewundern sie: amerikanische Rentner, italienische Schüler und japanische Arbeitnehmer auf Urlaub. Nur die Chinesen fehlen, wahrscheinlich weil sie selbst eine viel größere Mauer haben und vom fragwürdigen Wert solcher Sehenswürdigkeiten wissen – nicht nur vom Hörensagen.

Ich habe diese Mauer nie selbst gesehen, wir haben uns verpasst. Sie war schon weg, als ich kam. Trotzdem werde ich zu beinahe jedem Mauerfalljubiläum interviewt. Denn irgendwie habe ich zur Mauer eine Beziehung. Unsere Schicksale haben sich auf geheimnisvolle Weise verbunden, ja, möglicherweise wäre ich nie in Berlin gelandet, wäre sie nicht abgerissen gewesen. Natürlich sind dies nur Mutmaßungen, niemand kann sagen, was hätte sein können, wenn. Aber man will es trotzdem wissen. Deswegen werde ich stets zur Mauer befragt. Als Erstes geht es immer um Heimweh, ob ich welches habe. Und ob ich mich überhaupt an damals erinnere, und ob alles schlecht war im Sozialismus und wie die Welt aussehen würde, wenn es anders gekommen wäre.

»Jede Zeit hat ihr eigenes Denken, ihre eigene Mauer«, antworte ich. »Wir sind alle durch den Fleischwolf der Zeit gedreht worden, es führt kein Weg zurück. Lassen Sie uns lieber über die Zukunft nachdenken«, sage ich und zitiere eine Zeile aus dem Lied der russischen Janis Joplin, »Oh yeah – man kann das Gehackte nicht rückwärts drehen, aus einer Bulette wird nie wieder eine Kuh entstehen«.

Dabei fühle ich mich tatsächlich wie eine Kuh oder eher wie eine Bulette, die zu ihrer Herkunft interviewt wird:

»Erzählen Sie uns doch bitte, wie war das damals, als Sie noch ein junges Rind waren?«

»Also, erst einmal war ich damals zu 50 % ein Schwein und zu 20 % Pute. Aber ich erinnere mich mit all meinen Teilen an das frühere Lebensgefühl. Früher war alles besser!« So würde es die alte Bulette wahrscheinlich formulieren.

Die Berliner Mauer und ich sind Nachbarn, ich wohne direkt am Mauerpark, und wenn ich auf dem Balkon die Blumen gieße, habe ich diese Sehenswürdigkeit quasi stets vor Augen. Jeden Tag bleiben Busse mit Schülern und Touristen vor dem Park stehen, und der Souvenirladen ist gleich um die Ecke. Dort werden Postkarten, sowjetische Militärmützen oder Matrioschkas mit Gorbatschows Gesicht verkauft. Warum? Weil jeder Deutsche weiß, dass Michael Gorbatschow, der siebte sowjetische Generalsekretär, die Mauer geöffnet und dabei kryptisch verkündet hatte: »Wer zu spät kommt, den bestraft das Leben.« Das ist die ostdeutsche Version. Die Wessis denken, Bundeskanzler Kohl – ich weiß nicht, der wievielte Bundeskanzler er war, ist auch egal – habe durch seine extreme Schläue die politische Wende eingeleitet. Die Russen wiederum denken, die Amerikaner seien an allem schuld. In Amerika weiß jedes Kind, dass der 40. amerikanische Präsident, Ronald Reagan, die Mauer geöffnet hat. Er war der Oberbefehlshaber des »Cold War«, des einzigen Krieges nach 1945, den die Amerikaner uneingeschränkt gewonnen haben. Reagan kam im Juni 1987 nach Westberlin, kletterte auf eine extra für ihn gebaute Tribüne und wandte sich an die Russen, die er am liebsten als »Imperium des Bösen« beschimpfte. Er sprach direkt an die Adresse von Gorbatschow.

»Wenn Sie wirklich eine Liberalisierung und Fortschritt für Ihr Land und für andere Länder möchten, dann kommen Sie hierher. Mister Gorbatschow, öffnen Sie diese Tür! Reißen Sie die Mauer nieder.« Das hat Reagan gesagt.

Doch Gorbatschow kam nicht, und die Tür blieb erst einmal zu. Ich glaube, es lag daran, dass Reagan stark nuschelte. Und das hat Gorbatschow, der selbst ja auch nuschelte, sehr irritiert. Wenn sie aufeinandertrafen oder miteinander redeten, dachte Gorbatschow wahrscheinlich, der amerikanische Kollege wolle ihn verspotten und nuschle ihm deswegen nach. Als sie sich drei Jahre später in Moskau trafen und auf dem Roten Platz in Gesellschaft von Journalisten und Fotografen spazieren gingen, drückte Reagan Gorbatschows Hand und sagte, er halte ihn und sein Land nicht mehr für das Imperium des Bösen, es war ja auch fast nichts davon übrig geblieben. Dann forderte Reagan Gorbatschow noch einmal laut auf, die Tür zu öffnen und die Mauer niederzureißen. Er hatte damals schon Alzheimer und vergaß manchmal, dass die Mauer schon vor einem Jahr gefallen war, unter dem Druck der wild gewordenen Ostberliner in Stein und Staub zerspechtet. Gorbatschow hätte ihn also korrigieren können, aber auch damals auf dem Roten Platz hat er nichts gesagt, nur höflich gegrinst. Jedes Mal, wenn Reagan redete, verfiel Gorbatschow wegen des Nuschelns in eine Art Sprachblockade. Na warte, dachte er wahrscheinlich in dem Moment, es wird auch mal auf meiner Straße die Sonne scheinen und das Akkordeon spielen.

Kurze Zeit später waren beide nicht mehr im Amt. Gorbatschow wurde durch Jelzin ersetzt, Reagan räumte seinen Platz für Bush senior, der zuerst durch Clinton, dann durch seinen eigenen Sohn, Bush junior, und noch später durch den Demokraten Obama ersetzt wurde. All diese Präsidenten hatten unterschiedliche

Auffassungen bezüglich Abtreibungen, Steuersenkungen oder des weiteren Verlaufs des Einsatzes in Afghanistan. Aber in einem Punkt waren sich alle einig: Die Mauer muss her. Diesmal nicht in Deutschland, es ging um eine amerikanische Mauer, die zwischen Texas und Mexiko gebaut werden sollte. Selbst Obama, der demokratischste und in Europa der beliebteste von allen, hatte aktiv bei der Vorbereitung des neuen Immigrationsgesetzes mitgewirkt, das mehr Geld für Überwachungspersonal und CIA-Abteilungen vorsah, die sich mit illegalen Immigranten befassten. Diese Mauer soll Amerika uneinnehmbar für Eindringlinge machen. Für diejenigen, die schon in Amerika sind, oder diejenigen, die trotzdem durchkommen, ist allerdings ein Bleiberecht im Gesetz vorgesehen. Nachdem sie ihre Steuern bezahlt, eine Unbedenklichkeitsbescheinigung vorgelegt und die Sprachprüfung bestanden haben, dürfen sie bleiben.

Die American Wall, die teuerste Mauer der Welt (Kosten 1,2 Milliarden Dollar) soll 1125 Kilometer lang, 6 Meter hoch, 1,5 Meter breit und durchsichtig werden. Auf diese Weise kann man die Eindringlinge schon von weitem kommen sehen. Die Firma Boeing hat bereits viele Millionen Dollar in der Wüste versenkt, um eine Art virtuelle Vormauer zu errichten, in Gestalt spezieller Kameras, die nachts noch aus zehn Kilometern Entfernung eine Kakerlake beim Kacken identifizieren können. Auch auf der anderen Seite der Mauer wird nicht geschlafen. Die findigen Indianer des Stammes Hũahũv in der Nähe der amerikanischen Grenze bieten im Nationalpark EcoAlberto einen Überlebensworkshop an. Dort werden Touristengruppen durch stürmische Flüsse, über steinige Berge und quer durch die Wüste geschleppt, müssen sich dabei vor »feindlichen Jägern« verstecken und Betonanlagen überwinden. Diese Art Extremtourismus ist in Mexiko sehr beliebt. Dabei wird spielerisch der illegale Grenzübergang geübt, woraus auch niemand ein Geheimnis macht. Das Geschäft der Indianer boomt, und auch viele Amerikaner kaufen sich gerne eine Woche Extremtourismus an der amerikanischen Grenze, um ihrem Land einmal aus einer anderen Perspektive zu begegnen. Es wäre jetzt, rein theoretisch, genau der richtige Zeitpunkt für Gorbatschow, nach Mexiko zu reisen, auf eine hohe Kaktee zu klettern und von dort aus zu rufen: »Mister Reagan, öffnen Sie diese Tür, reißen Sie diese Mauer nieder!« Aber Reagan wird ihn nicht hören, er ist vor zwei Jahren an den Folgen seiner Alzheimer-Erkrankung gestorben. Und Gorbatschow fährt sowieso nicht nach Mexiko, dafür ist er viel zu sehr mit Werbung für Luis-Vuitton-Reisetaschen beschäftigt. So wird die American Wall Stück für Stück weiter gebaut mit dem Geld von Menschen, die alle Immigranten sind, abgesehen von ein paar findigen Indianern des Stammes Hũahũv.

Die Berliner Mauer wurde durch viele kleine Mauern und Zäune ersetzt, vor allem durch Baustellenabsperrungen, die das ganze Stadtbild dominieren. Immer wieder werden hier Freiflächen eingemauert oder eingezäunt. Mein Onkel und ich gingen an einem Absperrgitter entlang, aber ich konnte das versprochene Loch im Zaun nicht finden.

»Verdammt! Das ist ja wie bei uns. Entweder weiß man, wo das Loch ist, oder man weiß es nicht!«, sagte mein Onkel ironisch.

Ich konnte das nur bestätigen. Zeit meines Lebens war ich eingezäunt und konnte entweder irgendwo nicht hinein oder nicht heraus. Und ungefähr so lange bin ich damit beschäftigt, diese Grenzen zu überschreiten, über Zäune zu klettern, nach Türchen in Mauern und Löchern in Gittern zu suchen. Auf dem vermutlich ersten Foto, das mein Vater von mir machte, pinkle ich durch das Holzgitter meines Kinderbettes. In meiner Kindheit gab es keine Windeln, sondern strenge Eltern wickelten ihre Kinder von Kopf bis Fuß in speziellen Tüchern ein. Die Eingewickelten lagen wie Zinnsoldaten in ihren Bettchen, und in großer Not pinkelten sie sich ein. Liberale Eltern wickelten ihre Kinder dagegen überhaupt nicht, sie durften überall hinpinkeln. Die Eingewickelten gingen später zu den einschlägigen Organen – Armee, KGB, Miliz, Bahn. Die Nichtgewickelten wurden Künstler oder Verbrecher. Das ist meine private These, sie ist nicht statistisch abgesichert. Meine Eltern waren auf jeden Fall liberal, und ich wurde nicht gewickelt. Mein Vater, der in seinem Fotografierwahn stundenlang, manchmal sogar Tage und Monate ausharren konnte auf der Suche nach dem »einmaligen Augenblick des Lebens«, schlief sogar mit seiner Kamera neben dem Kopfkissen. Keine Ahnung, was er nachts in unserer Wohnung Einmaliges zu knipsen hoffte. Außer mir, meiner Mutter und unserer Katze gab es dort nichts Einmaliges.

Einmal verunglückte mein Vater aufgrund seiner Besessenheit sogar ziemlich schwer. Er fiel bei dem Versuch, einen einmalig schönen Vogel auf dem Balkon des Nachbarn zu fotografieren, aus dem Küchenfenster im zweiten Stock. Nach seinem Fall bekam ich Alpträume. Ich mochte sein Hobby nicht, auch nicht die großen schwarzweißen Abzüge, mit denen er unsere Wohnung tapezierte. Selbst auf dem Foto, auf dem ich zwischen den Gitterstäben meines Kinderbettes durchpinkle, kann man erkennen, dass ich mit dem Strahl auf seinen Fotoapparat zielte. In einem anderen Land wäre mein Vater bestimmt Paparazzo geworden. Aber in der planwirtschaftlichen Entwicklung der Sowjetunion waren Paparazzi nicht vorgesehen, und so wurde mein Vater Ingenieur.

Vom ersten Tag an nagte ich an den Holzstäben des Gitters an meinem Kinderbettchen. Ich fing damit an, noch bevor mir die ersten Milchzähne kamen, so erzählte es jedenfalls meine Mutter, und ich war auch früher als die meisten Kinder damit fertig. Eines Nachts gelang mir der Ausbruch: Ich riss zwei Stäbe erfolgreich heraus, fiel dann aus dem Bett und kroch in der dunklen Wohnung herum. Mein Vater verstärkte das Bettgitter daraufhin mit Metalldraht. Dagegen kam ich nicht an. Die Angewohnheit, gegen Gitterzäune zu pinkeln, habe ich jedoch bis zum heutigen Tag beibehalten. Es ist ein Reflex. Immer wenn ich irgendwo einen Gitterzaun sehe, muss ich dringend. Je höher der Zaun, desto stärker der Drang.

Der Kindergarten unseres Moskauer Bezirks befand sich zwischen einer sogenannten »Idiotenschule« – einer Anstalt für geistig zurückgebliebene Jugendliche – und einem Krankenhaus des Verteidigungsministeriums. Die Idiotenschule hatte eine drei Meter hohe Mauer mit einer Alarmanlage, die zwanzig Mal am Tag losging, ohne dass jemand über die Mauer geklettert wäre. Die Insassen dieser Anstalt waren dafür schlicht nicht idiotisch genug. Wenn sie raus an die frische Luft wollten, gingen sie ans Tor, denn das Tor zu ihrer Schule war offen. Sie konnten völlig frei hinein- und herausspazieren, wann immer sie wollten. Jeden Tag standen sie dort an ihrem Tor, machten die Fußgänger mit idiotischen Witzen an, baten aufdringlich um Zigaretten, aber trauten sich nicht, sich mehr als fünf Meter vom Schulgrundstück zu entfernen. Es waren, wie gesagt, Idioten.

Das Krankenhaus des Verteidigungsministeriums hatte natürlich auch einen Zaun, dazu ein Tor mit einem Schlagbaum, der von einem Soldaten bewacht wurde. Hinter dem Schlagbaum konnte man ein zweites eisernes Tor sehen, das ständig verschlossen war. Trotz dieser Sicherheitsvorkehrungen liefen die Patienten des Krankenhauses auf den Straßen unseres Bezirks frei herum. Man erkannte sie am aufrechten Gang, dem geraden Rücken und ihrer besonders gesunden Gesichtsfarbe – die meisten Patienten des Krankenhauses waren Armeeoffiziere. Selbst ohne Uniform, in gestreiften Pyjamas und Pantoffeln, bewegten sie sich anders als Zivilisten. Zum Biertrinken und Rauchen gingen die Offiziere auf die Abenteuerveranda unseres Kindergartens, natürlich nur dann, wenn dort keine Kinder spielten – spätabends oder nachts. Unser Kindergarten und die dazugehörige Abenteuerveranda waren ebenfalls mit einem hohen Metallgitter umgeben. Doch wie in jedem sowjetischen Zaun gab es auch in unserem ein großes Loch.

Ich war nie dabei, wenn sich die Offiziere auf unserer Abenteuerveranda versammelten, aber ich glaube, sie haben dort nachts Partys gefeiert, denn wir fanden morgens oft jede Menge leere Flaschen und Kippen in unserem Sandkasten. Wir sammelten die Flaschen und vergruben sie im Sand. Dieses Spiel hieß »Finde den Schatz«. Der eine musste die Flasche vergraben, der andere musste sie finden und, als neuer Besitzer des Schatzes, diesen sofort wieder vergraben. Es war ein gefährliches Spiel, und unsere Erzieherinnen waren auf der Hut. Wenn sie eine Flasche sahen, wurde sie sofort einkassiert. Wahrscheinlich brachten sie unsere Flaschen in den Lebensmittelladen, um das Pfand zu kassieren. Die Offiziere aus dem Krankenhaus sorgten jedoch fleißig für Nachschub.

Mir war lange Zeit nicht bewusst, dass ich in einem von der übrigen Welt abgeschotteten, von allen Seiten eingezäunten Land lebte. Die Sowjetunion war sehr groß, und in meiner Phantasie sah die Welt wie folgt aus: In der Mitte war die Sowjetunion, bis an den Horizont, so weit das Auge sehen konnte. Dann kam lange nichts, und ganz weit weg von uns begann schließlich der kümmerliche Rest der Welt.

Mit vierzehn bin ich zum ersten Mal an die Grenze der Sowjetunion gestoßen. Sie war viel näher, als ich erwartet hatte, in Odessa am Strand, fünfhundert Meter vom Haus meines Onkels entfernt. Meine Eltern hatten mich in jenem Jahr zum ersten Mal allein nach Odessa geschickt, sie wollten ein bisschen Ruhe und die kleine Wohnung einmal nur für sich haben. Ich hielt mich ebenfalls für erwachsen genug und hatte außerdem in Odessa außer meinem Onkel auch ein paar Freunde und eine Freundin namens Ella. Deren Eltern hatten einen Ausreiseantrag bewilligt bekommen und bereiteten ihre Auswanderung vor. Das war nichts Außergewöhnliches, damals saß halb Odessa auf gepackten Koffern. Ella ging tagsüber an den Strand, lag in der Sonne und blätterte in einem englischen Lehrbuch, dem wichtigsten Buch für ihr neues Leben. Eigentlich hatte sie keine große Lust auszureisen, ihr gefiel es in Odessa ganz gut, aber ihre Eltern konnten dem Sozialismus nichts abgewinnen. Beide waren Ärzte, und als solche, so waren sie überzeugt, würden sie im Westen ein weitaus besseres Leben haben als in der Sowjetunion. Ella hatte bereits Heimweh, obwohl sie noch gar nicht ausgereist war.

Einmal gingen Ella und ich nachts an den Strand und gerieten in eine Grenzkontrolle. Soldaten mit Maschinengewehren vor dem Bauch und Hunden an der Leine durchkämmten den Strand auf der Suche nach Überläufern, die sich möglicherweise im Sand versteckt hatten. Der Strand war nachts nicht beleuchtet, die Wellen rauschten laut an Land, und man konnte kaum etwas sehen oder hören. Die Soldaten kamen uns wie Geister vor und haben mich mit ihren Taschenlampen ziemlich erschreckt, obwohl Ella und ich unentdeckt hinter einer Reihe von Umkleidekabinen saßen.

»Wusstest du denn nicht, dass wir an der Grenze leben?«, lachte mich Ella aus.

»Was für eine Grenze? Hier ist doch nichts außer Meer und Strand!«, meinte ich.

»Aber am anderen Ufer ist die Türkei. Jedes Jahr sterben Menschen bei dem Versuch rüberzuschwimmen. Es haben bis jetzt nur sehr wenige geschafft«, erzählte mir Ella.

Ich versuchte mir vorzustellen, wie mutig man sein musste, um sich auf ein solches mörderisches Abenteuer einzulassen – über das ganze Schwarze Meer zu schwimmen. Diese Superschwimmer betrachteten das Meer als ein Loch im Zaun, ein zwar großes, aber umso gefährlicheres Loch.

Eine Grenzstreife hat uns in dieser Nacht hinter den Umkleidekabinen dann doch noch entdeckt. Es war allerdings eine ungewöhnliche Grenzstreife. In der Regel waren die Soldaten zu zweit und hatten einen großen Hund dabei, einen Rottweiler oder einen Schäferhund. Die Streife, die uns entdeckte, bestand nur aus einem Mann, und statt eines Rottweilers hatte er ein kleines Hündchen, einen Bologneser, an der Leine. Ein Grenzsoldat mit einem Bologneser, den er im Sand hinter sich her schleifte – es sah unglaublich lächerlich aus.

»Er hat bestimmt seinen großen Hund versoffen und mit dem Rest des Geldes den kleinen gekauft«, vermutete ich. Meine Freundin musste laut lachen. Sofort fing der Bologneser an zu bellen, rannte in unsere Richtung, und der Soldat lief ihm hinterher. Wir hatten keine Papiere dabei, und es hätte für uns schlimm ausgehen können. Aber der Soldat war halbwegs freundlich, er schickte uns bloß nach Hause.

Ein wichtiges Zeichen des Wohlstands in unserem Land war die Möglichkeit, ein Grundstück vom Staat zu pachten, um darauf eine Datsche – ein eigenes Häuschen – zu bauen. In der Regel zogen sich die Bauarbeiten bei einem solchen Familienprojekt enorm in die Länge und erstreckten sich bisweilen über mehrere Generationen. Als Erstes wurde stets ein hoher Zaun gebaut, damit die Nachbarn nicht sehen konnten, wer sich wie und – besonders wichtig! – mit welchen Materialien seine Datsche errichtete. Man konnte in der Sowjetunion keine Baumaterialien im freien Handel erwerben, man konnte sie auch nicht erben oder geschenkt bekommen. Man konnte sie eigentlich nur klauen.

Meine Eltern hatten zu wenig Geld, um ein Grundstück zu pachten, dafür legten sie ihre Ersparnisse mit denen einer befreundeten Familie zusammen und mieteten eine fertige Datsche für drei Jahre. Drei Sommer in Folge verbrachte ich auf dieser Datsche, die sich in der Nähe von Moskau gleich neben der berühmten Kosmonautensiedlung »Sternenstädtchen« befand. In diesem Städtchen durften nur Kosmonauten mit ihren Familien leben, sie hatten dort wegen ihrer heroischen Berufswahl verbesserte Lebensbedingungen. Das bedeutete: besser geplante Wohnungen und eine bessere Auswahl an Lebensmitteln in den Geschäften: französische Kosmetik, italienische Schuhe, finnische Zigaretten. In der Sowjetunion gab es eine Menge Kosmonauten, aber nur wenige von ihnen sind tatsächlich ein oder zwei Mal ins All geflogen. Die meisten haben unseren Planeten nie verlassen. Sie saßen in ihrem Sternstädtchen und fraßen. Natürlich hatten die Kosmonauten ihr Städtchen von allen Seiten mit einer hohen Mauer umgeben, um keinen Sozialneid beim Rest der Bevölkerung aufkommen zu lassen. Niemand sollte sehen, wie gut es ihnen ging.

Mit den anderen Kindern aus den umliegenden Datschen-Siedlungen stürmten wir jeden zweiten Tag die Mauer ihres Städtchens. Es gab mehrere Möglichkeiten, dort einzudringen. Die einfachste Variante war, den Soldaten am Tor in ein Gespräch zu verwickeln und ihn dadurch abzulenken. In der Regel gingen zwei von uns zu dem Soldaten. Und während sie sich bei ihm erkundigten, welche Prüfungen man machen musste, um in eine Kosmonautenschule aufgenommen zu werden, schleusten sich die anderen hinter dem Rücken des Wachsoldaten ins Sternenstädtchen. Eine andere Variante, die gefährlichere, bestand darin, von einem Baum auf die Mauer und von der Mauer aufs Dach eines LKWs zu springen, der jedoch gute zwei Meter von der Mauer entfernt parkte. Das schafften nur die älteren Semester.

Nach dem Abitur ging ich auf eine Theaterschule. Kaum hatte ich mich immatrikuliert, wurde ich auch schon mit der ganzen Studentenschaft in eine Kolchose aufs Land verschickt. Wir sollten dort bei der Kartoffelernte helfen. Tagsüber hockten wir auf dem Feld, abends kletterten wir über die Zäune in die Gärten der Kolchose und überfraßen uns an Pflaumen und später an Äpfeln.

Meine ganze Kindheit und Jugend war ein ständiges über etwas Drüber- oder unten Drunterklettern, um durch die unzähligen Sicherheitsvorrichtungen meiner Heimat zu gelangen. Ich habe mir ganz viele Hosen dabei versaut.

In meiner Militärzeit saß ich dann das nächste Mal fest. Im Zuge der allgemeinen Militarisierung des Landes war ich nach der Beendigung der Theaterschule bei der Roten Armee gelandet – in einer Abteilung der Raketenabwehr. Genaugenommen musste sich unsere streng geheime Einheit auf das Abschießen besonders tief fliegender Objekte konzentrieren. Nicht einmal eine Fliege durfte ohne unser Wissen an uns vorbei Richtung Hauptstadt ziehen. Um dieser Aufgabe gewachsen zu sein, hatten wir drei Raketen, ein Radargerät und eine Menge dazugehörige Kommunikationseinrichtungen, die den Luftraum um uns herum nach Geräuschen und fremden Radiosignalen absuchten. Unsere Armeeabteilung teilte sich in zwei Brigaden: diejenigen, die tagsüber Wache schoben, und die Nachtwächter. Fast alle, die eine humanistische Ausbildung besaßen, landeten bei der Nachtwache. Auch ich hatte das Glück und bekam einen Nachtposten auf der Radiorelaystation zugewiesen.

Die Nacht war unser Loch im Zaun des Alltags. Die Nachtwächter hatten große Vorteile gegenüber ihren Kollegen aus der Tagschicht. Sie hatten wenig mit ihren Vorgesetzten zu tun, weil die gerne nachts schliefen. Die Nachtwächter selbst litten nie unter Schlafmangel, sie konnten, wenn sie wollten, Tag und Nacht schlafen – tagsüber ganz offiziell in der Kaserne, nachts während des Dienstes inoffiziell in ihren Sesseln am Arbeitsplatz. Man legte die Mütze auf den Tisch vor sich, drüber ein Tuch und dann den Kopf darauf, damit sich keine Schlaffalten bildeten. Rein theoretisch bestand die Möglichkeit, unerwartet von einem Vorgesetzten kontrolliert zu werden. Für diesen Fall hatten wir eigene Frühwarnsysteme entwickelt. Der wachhabende Soldat am Kontrollpunkt, der als Tür zu unserer Einheit diente, ein ehemaliger Student der russischen Filmakademie, gab uns per Funk ein verabredetes Zeichen, wenn ein Offizier das Gelände betrat. Wir waren so vor dem plötzlichen Auftauchen unserer Vorgesetzten besser gesichert als vor allen tieffliegenden Objekten der Welt. Aber das nächtliche Erscheinen eines Vorgesetzten war genauso unwahrscheinlich wie das Auftauchen irgendwelcher tieffliegender Objekte am Himmel, die unsere Ruhe stören konnten. Der friedliche Himmel, den wir bewachten, glänzte mit sehr weit entfernt fliegenden Objekten: mit Sternen, Meteoriten und für uns unerreichbaren Planeten.

Auf meiner Radiorelaystation standen drei große Schränke voller Apparate: ein Sendeschrank, ein Empfängerschrank und ein Kommunikationsschrank, der Sender und Empfänger miteinander verband. All diese Schränke hatten eine weitere Funktion. Im Sendeschrank hortete ich Trockenbrot, das ich aus den Resten unseres Frühstücks machte. Der Empfängerschrank diente als geheimes Versteck für Unerlaubtes, dort hatte ich einen Fotoapparat, ein kleines Radio und Spielkarten liegen. Den Kommunikationsschrank benutzte ich regelmäßig, um in Anwesenheit eines Offiziers meine Unersetzlichkeit zu beweisen. Dieser Schrank hatte viele Knöpfe und Regler, die sofort jede stationäre Verbindung mit anderen Einheiten unterbrechen konnten. Einige dieser Knöpfe und Regler waren mir gut bekannt, aber die sich ständig abwechselnden Offiziere kannten sich nicht besonders gut mit dieser Technik aus. Also konnte ich jederzeit die von mir selbst verursachten Verbindungsdefizite beseitigen.

Neben meiner kleinen Radiorelaystation standen in unmittelbarer Nähe andere streng geheime Hütten, alle mit sich langweilenden Soldaten besetzt, die nichts Besseres zu tun hatten, als zwei Jahre lang Nacht für Nacht den Himmel zu beobachten. Manchmal kamen wir zusammen und spielten Karten oder Schach, oder wir hörten im Radio Musik. Ich hatte keine Ahnung, wie viele solcher Stationen sich insgesamt in unserem Wald befanden, ich kannte nur meine nächsten Nachbarn. Links von mir saß in einem Bauwagen, der meiner Station äußerlich ähnelte, Arnas Grizkavichus, ein Lette, Briefmarkensammler und leidenschaftlicher Schachspieler. Rechts von mir diente der weißrussische Kollege Gleb in einem gut getarnten Bunker als Geheimtelegrafist. Er interessierte sich weniger für Spiele und Musik, dafür mehr für Essen.

Wegen der hohen Geheimhaltungsstufe durften wir keinen Urlaub machen, in unseren zwei Dienstjahren den Wald kein einziges Mal verlassen, und alle Ausgehmöglichkeiten waren uns verboten. Familienangehörige durften uns ebenfalls nicht besuchen. Manche taten es trotzdem, obwohl es ein ziemliches Abenteuer war. Dafür mussten Verwandte oder Freunde eine Fahrgelegenheit finden, die sie zu unserem Standort brachte, denn regulär fuhr nichts und niemand in unsere Richtung. Dann mussten sie nachts an einer bestimmten Stelle im Wald auftauchen, wo wir ein großes Loch in den Stacheldraht geschnitten hatten. Einige besuchten uns häufig, kannten den Weg gut und meldeten sich manchmal mitten in der Nacht mit einem Überraschungsbesuch bei unserem Freund, dem gelernten Filmemacher vom Kontrollpunkt. Meine Nachbarn rechts und links hatten beide unglaublich attraktive Freundinnen, die sie außerdem auch noch heldenhaft oft besuchten. Die Regie vom Kontrollpunkt drehte jedes Mal durch, wenn eine der beiden Schönheiten nachts bei ihr auftauchte.

»Achtung, Achtung, Soldat Arnas Grizkavichus wird sofort am Kontrollpunkt von Sharon Stone erwartet«, hörte man dann über Funk.

Arnas lief eilends zum Häuschen, um seine Sharon Stone zu sich in den Bauwagen zu holen. Kaum machte er die Tür zu, fingen all seine Geheimtelefone über alle Leitungen an zu klingeln. Die neidischen Kameraden kamen ihm laufend mit dämlichen Fragen, um ihn von seiner Freundin abzulenken.

Wenn der weißrussische Soldat Gleb Besuch bekam, hieß es immer, »Susan Sarandon ist angekommen«. Es war jedes Mal ein Fest für die ganze Einheit. Denn Susan Sarandon kam niemals mit leeren Händen, sie hatte immer mindestens einen Koffer voller Proviant dabei.

Mich besuchte nur meine Mama. Meine damalige Moskauer Liebe träumte im echten Leben davon, eine große Schauspielerin zu werden. Die Voraussetzungen dafür hatte sie alle und fand deswegen entweder keine Zeit für Armeebesuche, oder sie hatte Angst vor dem Wald mit dem Stacheldraht. Vielleicht war sie sich auch ihrer Gefühle für mich nicht sicher. Ich habe auch nie darauf bestanden, dass sie mich besuchte, im Gegenteil, schrieb ich ihr, es sei gar nicht nötig. In Wirklichkeit war es jedoch sehr nötig. Einmal hat sie sich doch überwunden. Der Kinokenner vom Kontrollpunkt verkündete daraufhin pathetisch, ich werde von Meryl Streep erwartet. Die ganze Einheit, besonders meine beiden

Nachbarn, gerieten vor Neugier beinahe aus ihren Häuschen und Höschen. Langsamen Schrittes brachte ich meine Meryl durch den Schnee zu meiner Station. Alle geheimen Nachtsichtgeräte, alle Geräuschempfänger und andere Systeme zur Beobachtung tieffliegender Objekte waren auf uns gerichtet. Meryl verbrachte zwar die Nacht auf meiner Station, aber wir haben uns mehr gestritten als geliebt. Nach der Armee wollte ich unbedingt auswandern, mein großer Traum war es, endlich die Welt zu sehen. Sie träumte dagegen von einer Karriere als Schauspielerin in Russland und wollte die Moskauer Theaterbühnen erobern. Für sie kam eine Ausreise nicht in Frage.

Zwei Jahre saß ich in der Radiostation. Die tieffliegenden Objekte sind nicht über uns geflogen. 1989 kam ich zurück. Im gleichen Jahr begann der Sozialismus zu bröckeln und zu wackeln, im Grenzzaun unseres Landes tat sich ein Riss auf, und ich fuhr nach Ostberlin. Das war im Juli 1990, kurz vor der Wiedervereinigung, als die Berliner Mauer bereits durchlöchert war wie ein Sieb. Massen liefen durch sie hindurch, von Osten nach Westen und von Westen nach Osten, wie Unentschlossene, die nicht wissen, wo es ihnen besser gefällt.

Man sagt, der höchste Sinn im Leben eines Mannes bestehe darin, ein Haus zu bauen, einen Baum zu pflanzen, ein Kind großzuziehen und ein Buch zu schreiben. Wenn ich dagegen auf mein Leben zurückblicke, war es bis jetzt ein ständiges Suchen nach einem Loch im Zaun.

Pink Floyd ist an allem schuld

»Eine wunderbare Stadt, ich bin von Berlin überwältigt!«, sagte mein Onkel, als wir in unsere Straße einbogen und endlich vor der Tür meines Hauses standen. »Du hast dir eine schöne Ecke zum Leben ausgesucht! So viele bunte Häuser, so viele Geschäfte, Cafés, Restaurants, man kann hier nicht verhungern!«

Mein Onkel sah unsere Gegend durch die Augen eines Gastes, ich weiß aber, dass Gastronomen es hier schwer haben. Früher oder später gehen sie pleite, ganz egal, was sie anbieten. Als Letztes traf es das chinesisch-vietnamesische Schnellrestaurant »Beste Freunde« schräg gegenüber von meinem Haus, das unter anderem Sushi, Pasta, Pizza, Hotdogs und jeden Teufel im Speckmantel anbot, das Ganze verbunden mit aggressiver Werbung: Auf dem Plakat im Schaufenster stand »immer gut«. Was haben wir falsch gemacht?, wunderten sich wahrscheinlich die Besitzer, die es jedem recht machen wollten. Der Berliner aber ist misstrauisch, zu viel des Guten schreckt ihn ab. Er will nicht jede Exotik aus einer Hand bekommen, und er will nicht, dass es »immer gut« ist. Viel besser würde es ihm gefallen, wenn es eigentlich immer schlecht und nur extra seinetwegen ausnahmsweise gut gemacht wäre. Etwas, das immer gut ist, kann nicht gut sein.

In die leerstehenden Räume des Restaurants zog ein Physiotherapeut ein, der dritte in unserer Straße. Alle drei brauchen keine Werbung, die Fenster sind auch so immer erleuchtet, die Praxen immer voll, die Massagen immer gut. Physiotherapeut ist hier ein Beruf fürs Leben, er ist zu Recht der Lieblingsarzt der Deutschen. Er ist auch der einzige, der das Leid seiner Patienten sofort mildern kann. Während ein Psychiater seine Patienten mit Pillen vertröstet, der Zahnarzt ihm Löcher in die Zähne bohrt, der Chirurg ihn sogar aufschneiden muss, um zu kucken, ob er helfen kann, massiert ihm der Physiotherapeut den Rücken, den Hals oder das Knie – und Wunder geschehen: Die Kranken werden gesund, die Krummen können wieder gerade stehen, die Lahmen laufen. Doch nichts währt ewig, und so ist auch die Phase der Heilung nach einer Massage extrem kurz. Der Patient muss immer wieder aufs Neue seine Knochen und Muskeln in die Praxis schleppen und sich erneut behandeln lassen – ein Kreislauf, der nur durch den Tod des Patienten oder des Arztes unterbrochen werden kann.

Die Russen vergöttern ihre Physiotherapeuten ebenfalls. In den frühen sozialistischen Zeiten waren sie seltene Spezialisten, an einer Hand zu zählen, und hießen Knochenbügler. Später nannten sie sich die »Übersinnlichen«. Besonders große Beliebtheit genossen die

Fernsehphysiotherapeuten, die in den frühen Neunzigern das ganze Land vom Bildschirm aus massierten. Das Fernsehen im Sozialismus war nicht herausragend unterhaltsam: Eishockey, Nachrichten, Schwanensee. Der Unterhaltungsaspekt entwickelte sich erst in den Neunzigerjahren in Gestalt von allesamt nach westlichem Konzept produzierten Sendungen, die der russischen Mentalität angepasst wurden – Quizshows mit abschließender Kopfnuss-Verteilung für falsche Antworten oder die Überraschungssendung »Lange nicht gesehen«, in der Verwandte zusammengebracht wurden, die einander nicht ausstehen konnten.

Die populärste und größte Erfindung von damals bleibt aber das Gesundheitsfernsehen, das wöchentlich Millionen Menschen vor den Bildschirmen in Bann schlug. Hauptakteure waren zwei Männer, ob wirkliche Ärzte oder Schauspieler, wurde nie geklärt. Auf jeden Fall waren es keine herkömmlichen Mediziner, denn beide behaupteten, übernatürliche Kräfte zu besitzen. Der eine, ein großer Blonder, widmete jede seiner Sendungen der Heilung einer bestimmten Krankheit. Einmal bat er alle Menschen mit Magengeschwüren vor das Fernsehgerät, konzentrierte sich und fokussierte all seine Kräfte auf die Bekämpfung dieser Krankheit. Dabei schloss er die Augen und ruderte heftig mit den Armen, als wollte er etwas Unsichtbares greifen. Nach fünfzehn Minuten war die Show zu Ende, und die Geschwüre der Bevölkerung lösten sich langsam auf. Bevor der Blonde vom Bildschirm verschwand, verkündete er das Programm für die nächste Woche. Da sollten dann die Alkoholiker oder Herzkranken dran glauben.

Sein Kollege, ein kleiner Mann mit schwarzen Locken, trat lockerer und spektakulärer auf. Ohne ein Wort zu sagen, streckte er gleich zu Beginn der Sendung seine Hand in Richtung Kamera und dann an ihr vorbei. Dadurch erschien seine kleine Hand richtig groß, in jedem Schlafzimmer des Landes hing sie praktisch aus der Glotze. Der Arzt mit den Locken konnte alles heilen, ihm kam es nicht auf die Krankheit an. Die Menschen setzten sich auch nicht mit dem Gesicht, sondern mit ihren Wunden zum Bildschirm gewandt vor den Fernseher. Ich weiß noch, wie meine Tante ihre Hausschuhe auszog und ihre kranken Beine auf die Glotze ausrichtete. Dabei rückte sie unbewusst immer näher an den Fernseher heran – bis sie ihre großen Zehen irgendwann an den Bildschirm presste und sich damit quasi in die Hände des Arztes begab. Die Großmutter meiner Nachbarin aus der Wohnung nebenan setzte sich mit dem Rücken zum Fernsehen, sie litt unter heftigen Rheumaanfällen. Keine Medizin und keine Salbe konnten ihr Erleichterung verschaffen, nur der Fernsehtherapeut. Der Arzt mit den schwarzen Locken streichelte liebevoll die Kamera und massierte dadurch die Zuschauer.

Aus heutiger Sicht war er ein herausragender Physiotherapeut, dem etwas Einmaliges gelang – eine Massenmassage. Mit einer Hand konnte er Tausende, vielleicht Millionen Menschen an den unterschiedlichsten Stellen gleichzeitig kitzeln, sie glücklich machen und ihnen ihre Schmerzen nehmen – es hat wunderbar geholfen. Wem es nicht geholfen hat, war selber schuld. Dann muss er sich mit der falschen Seite zum Fernseher gesetzt oder zwischendurch auf andere Kanäle gezappt haben, obwohl doch jedes Kind inzwischen weiß, dass man nie gesund wird, wenn man durch die Kanäle zappt.

In Russland behandelte jeder jeden. Mein Freund Frolow therapierte in Moskau die frisch gelieferten Patientinnen in einem Krankenhaus, obwohl er gar keine medizinische Ausbildung hatte. Er schob eigentlich nur Nachtwachen im Empfangsraum des Krankenhauses. Zu seinen Aufgaben gehörte es aufzupassen, dass die Kranken nicht nachts spazieren gingen und dass niemand sie um diese Zeit besuchen kam. Er sollte außerdem den Anmeldungsraum sauber halten und sofort den diensthabenden Arzt wecken, falls ein Krankenwagen nachts einen neuen Patienten einlieferte. Wir spielten damals gerne Karten, das seinerzeit unter Jugendlichen beliebte »Préférence«. Dazu trafen wir uns nachts regelmäßig mal bei mir im Theater, mal bei unserem Freund Oleg, der in einer Bäckerei arbeitete, und eben auch bei Frolow im Anmeldungsraum des Krankenhauses. Dort gefiel es uns am besten. Es gab breite gemütliche Sessel, Spirituosen aus dem Ärzteschrank für Erste Hilfe und viel Platz. Nur der diensthabende Arzt konnte zu einem Problem werden, doch in der Regel schlief er tief und fest im Nebenzimmer.

Selbst wenn ein Patient mit Beschwerden eingeliefert

wurde, weckte Frolow nicht immer seinen Vorgesetzten. Er schickte uns erst raus, zog sich einen weißen Kittel an und spielte selbst den Arzt. Den richtigen weckte er nur, wenn alte gebrechliche Menschen mit ihren immer gleichen Kreislaufbeschwerden ankamen oder Männer, die sich bei einer ihrer lebensgefährlichen Freizeitbeschäftigungen verletzt hatten. Vor solchen Patienten hatte Frolow Angst. Wenn aber junge Mädchen eingeliefert wurden, untersuchte Frolow sie zuerst selbst. Man muss dazu sagen, dass Frolow mit seinem akkuraten Bärtchen und seiner großen quadratischen Brille viel ärztlicher aussah als die richtigen Ärzte in diesem Krankenhaus, die in der Mehrheit ältere, glatzköpfige, etwas verpennte Typen waren. Außerdem war Frolow nicht ganz ahnungslos. In seiner Freizeit hatte er die medizinische Enzyklopädie angelesen und das Lehrbuch für menschliche Physiologie durchgeblättert. Er wusste also bereits, dass der Blinddarm rechts und das Herz links ist.

Einmal wurde ein hübsches Mädchen mit Schmerzen in der rechten Brustseite eingeliefert, Frolow schickte uns ins Zimmer nebenan, zog Arztkittel und Gummihandschuhe an und untersuchte die Patientin ausführlich von allen Seiten auf eine mögliche Blindarmentzündung hin. Auf dem Höhepunkt seiner Untersuchung betrat der richtige Arzt den Raum, wahrscheinlich hatte er schlecht geträumt und war von allein aufgewacht. Er verstand sofort, was in seinem Anmeldungsraum vor sich ging, blamierte Frolow vor der Patientin jedoch nicht, um den Ruf des Krankenhauses nicht zu schädigen. Stattdessen veranstaltete er mit ihm eine Art Fachgespräch unter Experten.

»Und was sagen Sie, Kollege?«, fragte der Arzt den Nachtwächter.

Letzterer faltete die Stirn und äußerte seinen Verdacht auf eine mittelschwere Blinddarmentzündung. Frolow war sicher, dass die Beschwerden auf eine Vergrößerung des Blinddarmes zurückzuführen seien, ein sofortiger chirurgischer Eingriff aber nicht notwendig sei. Man könne bis morgen früh damit warten. Die Patientin hörte dieser Unterhaltung verblüfft zu, beide Ärzte schienen ihr nicht besonders glaubwürdig, aber irgendwie gelang es ihr, mit ihrem sechsten Blinddarmgefühl Frolow als falschen Arzt zu entlarven. Zum Glück hatte die Frau auch unter Schmerzen ihren Sinn für Humor nicht verloren und zeigte Frolow nicht an. Sie wurde am nächsten Tag von einem richtigen Chirurgen operiert und entwickelte in den darauffolgenden Tagen, die sie im Krankenhaus verbringen musste, zu Frolow sogar eine vertrauliche, freundschaftliche Beziehung. Er ließ es zu, dass ihre Familienangehörigen sie zu nicht erlaubten Zeiten besuchten, besorgte ihr die teuren Zigaretten ihrer Lieblingsmarke »Kosmos« und brachte ihr sofort, quasi auf Befehl, seine Sporthose und ein T-Shirt, als sie aus dem Krankenhaus abhauen wollte. Es hatte sich zwischen den beiden beinahe eine Liebesbeziehung entwickelt. Mein Freund Oleg bezeichnete sie als »Stockholm-Syndrom«, wie man es nennt, wenn eine Geisel und ein Geiselnehmer sich ineinander verlieben und nicht mehr unterscheiden können, wer wen gefangenhält.

Nachdem das Mädchen aus dem Krankenhaus getürmt war, wurde Frolow entlassen. Doch wie das Schicksal es wollte, bekam seine ärztliche Karriere schon bald eine unvorhergesehene Fortsetzung. Ohne Job und ohne eine Lehrstelle war Frolow in den Augen des Staates ein Schmarotzer. In der Sowjetunion gab es keine Arbeitslosigkeit, der Staat hatte für jeden Menschen etwas zu tun. Frolow wurde also von den entsprechenden Behörden am Kragen gepackt und in die sowjetische Armee gesteckt. Schneller, als er sich umdrehen konnte, marschierte er in einer etwas zu großen Uniform auf dem Platz herum und musste alle Offiziere und Altsoldaten lauthals grüßen.

Die Ehrenpflicht, in der sowjetischen Armee zu dienen, war für viele junge Seelen eine ziemliche Nervenbelastung. Frolow war zudem Pazifist. Allein bei der Vorstellung, bald mit einem Maschinengewehr auf jemanden oder etwas schießen zu müssen, wurde ihm schlecht. Weil er nicht als ehemaliger Student, sondern als ehemaliger Schmarotzer in die Armee gekommen war, landete er auch noch in einer besonders merkwürdigen Abteilung. Lange Zeit bekamen Oleg und ich keinen Briefe von ihm, dann kamen gleich mehrere auf einmal, doch die Umschläge trugen keine Stempel, und der Text war von der Zensur mehr als zur Hälfte mit braunem Klebstoff vollgeschmiert worden. Erst nachdem das ganze Abenteuer vorbei war, erfuhr ich die Wahrheit über den Armeedienst meines Freundes:

Frolow war in Syrien gelandet. Damals hatte die Sowjetunion ihre Armeeeinheiten an allen möglichen Orten der Erde stationiert, immerhin befanden wir uns im Kalten Krieg, der immer wärmer wurde. Wenn sich plötzlich irgendein Land in Afrika, Arabien oder in Asien kurzfristig dafür entschied, doch noch den sozialistischen Entwicklungsweg einzuschlagen, bekam es sofort Unterstützung durch einige Einheiten der sowjetischen Armee, die seinem Volk auf diesem steinigen Pfad helfen und es vor äußeren Feinden schützen sollten. Man munkelte, Syrien sei ein sehr schönes Land, wie aus 1001 Nacht. Leider bekam Frolow nichts von Syrien mit. Sein ganzer Eindruck des Landes bestand aus drei in der Wüste stehenden Baracken, die von Stacheldraht umzäunt waren. Überhaupt waren sich die meisten Soldaten in dieser Einheit gar nicht sicher, ob man sie überhaupt in Syrien stationiert hatte. Sie hielten es für eine mögliche Desinformation des Stabes, die verbreitet wurde, um das Geheimnis des Stationierungsortes besser wahren zu können. Keiner der Soldaten hat dort jemals irgendwelche Syrer gesehen, und durch das Fernsehprogramm konnte man ohne Sprachkenntnisse den Aufenthaltsort ebenfalls nicht eindeutig zuordnen. Vielleicht war es Libyen, vielleicht aber auch Ägypten. Der Koch in der Kantine behauptete allerdings, er habe die Trinkwasservorräte von einer syrischen Armeeeinheit geliefert bekommen, das musste aber an sich auch noch nichts bedeuten.

Frolow gefiel dieses Syrien vom ersten Tag an nicht. Noch weniger gefiel ihm seine Einheit. Die meisten Jungsoldaten kamen vom Land, sie hatten andere Interessen als unser Freund, und er konnte oder wollte sich mit keinem einzigen Soldaten anfreunden. Deswegen machte er sofort drei Schritte nach vorn, als der Major bei der allmorgendlichen Aufstellung fragte, ob jemand eine medizinische Ausbildung habe. Es wurde ein Feldarzt für den lokalen Sanitätsstützpunkt gebraucht. Der Major bestellte Frolow zu sich in den Stab und fragte ihn unter vier Augen, wo sein Medizindiplom abgeblieben sei und ob er irgendwelche anderen Zeugnisse besäße, die seine medizinische Ausbildung belegen könnten. Frolow log, er würde jede Menge solcher Papiere besitzen, die es aber anscheinend nicht bis nach Syrien bzw. Libyen oder Ägypten geschafft hätten. Auch ohne Papiere hätte er jedoch noch alle Kenntnisse parat und könne auf alle Fälle Erste Hilfe leisten. All seine Erfahrungen, die er in den vielen Jahren an der medizinischen Hochschule und später im Krankenhaus beim Praktikum als Nachtarzt gesammelt hatte, wollte er nun gerne in den Dienst der sowjetischen Armee stellen.

Mit seiner aufrichtigen Art gelang es ihm, den Major zu überzeugen, und er zog noch am gleichen Tag aus der Kaserne aus und in ein hübsches Häuschen neben dem Stab, wo er ein eigenes Bett ohne schnarchende Nachbarn und eine eigene Toilette besaß – sehr zum Unmut seiner Kameraden, die dem frischgebackenen Arzt versprachen, ihn sofort zu verdreschen, sollte er jemals sein Medizinerhäuschen verlassen. Das hatte Frolow aber auch nicht vor. Er verließ den Medizinstützpunkt nur am späten Abend, wenn die Sonne am Rande der Wüste unterging und den übrigen Soldaten das Verlassen ihrer Unterkünfte streng untersagt war.

In seiner neuen Rolle als syrischer Arzt handelte Frolow stets nach dem hippokratischen Eid, obwohl er ihn gar nicht geleistet hatte. Doch selbst wenn er gewollt hätte, konnte er mit dem Inhalt seines Medizinschranks keinen großen Schaden anrichten. Als Feldarzt verfügte er über ein Thermometer, ein Blutdruckmessgerät, einen Karton Verbandszeug, mehrere Spritzen und eine Menge Kapseln mit Antibiotika, vermutlich Penizillin. Wenn man die Kapseln schüttelte, konnte man sehen, wie kleine weiße Kristalle darin schwammen.

Frolow kam gut mit seinem Job klar. Die Temperatur messen oder eine Verletzung verarzten konnte er, Spritzen hat er zwar nie gesetzt, wusste aber rein theoretisch, wie das ging. Neben der Aufgabe, mögliche Verletzungen zu behandeln, gehörte es zu seinen dienstlichen Aufgaben, regelmäßig den Zustand der Kantinenküche zu kontrollieren: ob sie den in der Armee üblichen hygienischen Anforderungen entsprach. Gleich sein erster Besuch in der Küche löste bei Frolow Grauen und Schrecken aus. Der usbekische Koch benutzte prinzipiell nur ungewaschene Töpfe, das Wasser, das er zum Kochen nahm, war nicht sauber, in einer Ecke sah Frolow eine tote Wüstenmaus liegen, und eine lebendige kleine Schlange rutschte vor seinen Augen von einem Rohr ab und fiel in einen Topf mit Kartoffelbrei. Frolow äußerste seinen Unmut über den usbekischen Koch und meinte, er müsste die Kantine unter diesen Umständen eigentlich sofort schließen und den Major informieren. Daraufhin bekam er von dem Usbeken gesagt, man dürfe keine voreiligen Entscheidungen treffen, er solle bitte in einer Stunde wiederkommen, dann würde alles in bester Ordnung sein. Als Frolow nach einer Stunde zurückkam, wartete ein festlich gedeckter Tisch in einer Ecke der Küche auf ihn: ein Gurken-Tomaten-Salat, kleingeschnitten mit Zwiebeln und Sonnenblumenöl, dazu ein Fladenbrot mit Humus. Es war wie in einem Traum aus 1001 Nacht, und alles war wunderbar frisch und mit Liebe serviert. Dazu gab es, oh Wunder, eine Flasche echtes russisches Bier.

Langsam besserte sich Frolows Dienst in Syrien beziehungsweise Libyen oder Ägypten. Tagsüber saß er in seinem Medizinerhäuschen und las Zeitung, spätabends kehrte er in der Kantine ein, um zusammen mit dem übrigen Adel der Armeeabteilung – dem Koch, dem Wäschemann und dem Telegraphisten – zu Abend zu essen und Karten zu spielen. Die Soldaten wurden so gut wie nie krank, und wenn, dann richtig schwer, sodass sie gleich hospitalisiert werden mussten. In den ganzen zwei Jahren musste Frolow kein einziges Mal Fieber messen oder Spritzen geben. Einmal übten die Soldaten jedoch Rache an ihm. Mehrere von ihnen meldeten sich mit Magenbeschwerden krank, drangen mit Erlaubnis des Majors ins Medizinerhäuschen ein und verprügelten Frolow heftig. Dafür wurden sie beinahe vor ein Kriegsgericht gestellt, obwohl Frolow sich nicht offiziell über sie beschwert hatte. Auf jeden Fall durften sie nicht weiter ihren ehrenvollen Friedensdienst in Syrien oder Libyen beziehungsweise Ägypten absolvieren. Sie wurden nach Sibirien abtransportiert.

Frolow erhielt im Laufe seiner Dienstzeit sogar zwei Mal eine Auszeichnung für die Erfüllung seiner internationalen Pflicht. Er kam dick und glücklich nach Hause zurück, und oft, besonders, wenn er vor Mädchen angeben wollte, fasste er sich an seinen Bart und fing mit der vibrierenden Stimme eines beleidigten Tschechow an zu erzählen:

»Also, während meiner Dienstjahre als Arzt in einem Regiment der russischen Armee an der libysch-syrischen Grenze …«

Die Mädels, die seine Geschichte noch nicht kannten, hörten interessiert zu, alle anderen kicherten oder fielen vor Lachen unter den Tisch.

Von solchen Erinnerungen geplagt habe ich mir neulich auf dem Flohmarkt im Mauerpark sogar einen Massagelöffel gekauft. So ein Unsinn. Eigentlich will ich sowieso auf dem Flohmarkt im Mauerpark nie etwas kaufen, komme aber trotzdem stets mit vollen Taschen nach Hause zurück. Inzwischen glaube ich dahintergekommen zu sein, warum das so ist. Auf dem Flohmarkt werden Menschen von den angebotenen Dingen hypnotisiert, deswegen bewegen sie sich dort wie Schlafwandler, haben Nebel in den Augen und handeln gelegentlich zum eigenen Nachteil. Sie werden von Flohmarktwaren, die einen neuen Besitzer suchen, psychisch beeinflusst. Kaum zeigt man Interesse an etwas Bestimmten und kauft zum Beispiel einen Löffel, sofort reckt sich einem der gesamte Flohmarktbestand an Besteck entgegen. Löffel, Gabeln und Messer springen wie Pilze aus dem Boden – und einem in die Tasche.

Einmal kaufte ich gedankenlos aus Solidarität mit meiner Heimatstadt einen alten Alulöffel mit der russischen Aufschrift »Moskau freut sich über jeden Gast«. Ab sofort sah ich auf dem Flohmarkt nur noch Besteck. Löffel, Gabeln, Messer krümmten sich an jeder Flohmarktecke. Der bereits gekaufte gastfrohe Moskauer Löffel schaute neugierig aus meiner Tasche und gab mir wohlgemeinte Ratschläge, was ich noch unbedingt kaufen sollte. Es gab auf einmal sehr viel interessantes Besteck. Jägerbesteck zum Beispiel, bei dem Messer und Gabel flauschige Tierschwänzchen hatten und der Löffel eine Federung, die perfekt zur Hühnerbrühe gepasst hätte. Beim Fischbesteck hatte ich so meine Zweifel, ob ich tatsächlich acht Austerngabeln brauchte. Wir hatten bis dahin noch nie acht Austern gleichzeitig gegessen, zu Hause nicht einmal eine. Der gastfreundliche Löffel in meiner Tasche meinte allerdings, es sei definitiv notwendig, alle acht zu besitzen. Allein schon die Tatsache, dass ein anderes dazugehöriges Besteckstück, das wie ein flacher quadratischer Löffel aussah und sich mit dem noblen Namen »Kaviarschäufelchen« schmückte, nur zusammen mit den anderen acht Austerngabeln zu haben war, machte ihren Kauf unvermeidlich. Durch die entstandene enge Freundschaft mit dem Moskauer Löffel stockte ich meine Besteckvorräte kräftig auf. Ich habe aber bemerkt, nur Ausländer kaufen auf dem Flohmarkt Besteck. Vielleicht weil sie aus Hungerländern kommen? Die Einheimischen ekeln sich wahrscheinlich davor, benutztes Besteck zu verwenden. Auf dem Rückweg habe ich noch ein mit Perlen geschmücktes Dessertbesteck gekauft, und beinahe hätte ich auch eine geheimnisvolle Riesengabel für großkalibriges Essen erworben, die sich aber bei genauer Betrachtung doch als eine Bürste zur Rückenmassage erwies. So etwas brauche ich nicht, ich wohne wie gesagt nicht weit von der ältesten Physiotherapiepraxis unseres Bezirks.

Ärztehäuser kommen und gehen, Frau Almert bleibt. Sie massiert dem Prenzlauer Berg seit dreißig Jahren den Rücken und kann wahrscheinlich mit geschlossenen Augen jeden im Bezirk durch bloßes Abtasten identifizieren. Frau Almert schuftet von früh bis spät, sie hat viel zu tun. Die meisten Rücken bei uns sind krumm, angespannt und tun irgendwo in der Mitte höllisch weh. In der Regel genau dort, wo die Massagegabel nicht hinreicht. Frau Almert hat inzwischen eine physiotherapeutische Dynastie gegründet und arbeitet mit ihrer Tochter zusammen. Schon als Kind hatte sie ihrer Oma die Füße massiert. Auf die Frage, was sie später werden wolle, sagte sie, sie wolle eine Füßetherapeutin werden. Die Patienten liegen bei ihr auf kleinen Couchen nebeneinander, die durch rosa Vorhänge voneinander getrennt sind. Die Leute können einander nicht sehen, aber sie hören einander.

»Sie sagen mir, wenn es weh tut«, sagt Frau Almert immer zu Anfang. »Ist das der Punkt? Ist das der Punkt?«, tastet sich die Ärztin vor.

Ich liege in der Regel schweigend da und höre den Stimmen rings um mich herum zu. Rechts von mir wird über eine Fernsehserie debattiert, die ich nicht kenne.

»... und dann sagt dieser junge Doktor zu ihr, die Chancen um Robin stehen schlecht. Der ist eigentlich ganz schnuckelig, dieser junger Doktor, aber sie liebt ja nun mal ihren Robin, der im Koma liegt. Da will sie ihm das Kleid zeigen, das sie zu der Hochzeit gern tragen würde, wenn er aus dem Krankenhaus entlassen wird. Sie denkt, in diesem Kleid wird sie ihn aus dem Koma wecken. Und so läuft sie in diesem Kleid durch die Reha und merkt nicht, dass ihr Robin schon längst tot ist. Eine furchtbare Tragödie. Aber der junge Doktor ist echt schnuckelig nach meinem Geschmack.«

»Was haben Sie für Probleme?«, fragt Frau Almert währenddessen eine neue Patientin, die links von mir liegt.

»Ich höre meinen Puls«, antwortet die Frau. »Also jetzt gerade nicht, aber abends, wenn ich nach der Arbeit zu Hause sitze, höre ich ihn.«

»Arbeiten Sie im Büro? Wohnen Sie allein? Ist das der Punkt? Ist das der Punkt?«

Frau Almert errät immer richtig, wo der Punkt ist.

»Und wie geht es Ihnen, Herr Kaminer?«

Wie immer gut. Ich habe sehr viel Besteck gekauft, vielleicht schreibe ich demnächst einen wissenschaftlichen Aufsatz »Mentale Unterschiede beim Besteckkauf zwischen Einheimischen und Einwanderern«. Die quadratische Kaviarschaufel habe ich übrigens inzwischen als Exponat für die Ausstellung »Einwanderungsland Deutschland« geopfert. Die Organisatoren haben bei mir angefragt, mit welchen Gegenständen ich vor zwanzig Jahren Russland verlassen habe und welche Hoffnungen ich damals mit Deutschland verband. Ich bin fast ohne Gepäck, nur mit einer Kaviarschaufel im Koffer nach Deutschland gereist, antwortete ich. Wir hatten große Erwartungen, was Deutschland betraf, wir dachten, wir würden hier jeden Tag Kaviar schaufeln. Leider haben sich unsere Erwartungen nicht in diesem Ausmaß bestätigt.

Warum waren wir bloß so leichtgläubig und naiv? Hat die Kindermedizin dabei vielleicht eine Rolle gespielt? Ich glaube, wir haben uns im Sozialismus irgendwie falsch entwickelt. Im sowjetischen Lehrbuch über Kinderentwicklung stand schwarz auf weiß, dass die Entwicklung bestimmter Organe und die Ausbildung von Charaktereigenschaften nur in einem von der Natur dafür vorgesehenen Zeitfenster möglich war. Im Klartext würde dies bedeuten, wenn die Brüste mit vierzehn nicht gewachsen sind, werden sie auch mit 35 nicht mehr viel größer. Auch für die Ausbildung des freien Willens und eines guten Herzens sind bestimmte Zeitfenster vorgesehen: Wer nicht zur rechten Zeit am richtigen Zeitfenster stand, wird als herzloser Mensch sein Leben fristen. So behauptete es jedenfalls das Lehrbuch.

Meine Mutter hatte dieses Buch von ihrer Freundin und Nachbarin pünktlich zu meiner Geburt geschenkt bekommen. Die Nachbarin hatte ein Jahr früher ebenfalls einen Jungen zur Welt gebracht. Nun hatten die beiden jungen Mütter nichts Besseres zu tun, als Oleg und mich jedes Jahr buchgenau zu prüfen, ob sich bei uns beiden alles planwirtschaftlich gut entwickelte. Wir gingen auf die gleiche Schule, fingen in der gleichen Schultoilette mit dem Rauchen an und schwänzten manchmal gemeinsam den Unterricht. So konnten wir uns im Fall der Fälle besser zu Hause rausreden: Es seien mehrere Stunden ausgefallen.

Wir entwickelten uns nach Plan, ganz zur Freude der Mütter, bis Oleg vierzehn wurde. Ab da zeigten wir beide Abweichungen vom Buch. Dort stand zum Beispiel: Typisch für dieses Alter ist es, dass sich aus kindlichem Trotz und dem Stumpfsinn ein munterer Wille zur Arbeit im Kollektiv entwickelt, die Lust zur Teilnahme an gemeinnützigen Aktivitäten und das Interesse an politischen Informationen sowie den Grundsätzen der marxistischen Theorie. Anscheinend sind Oleg und ich doch ans falsche Zeitfenster zum Rauchen gegangen. Anstatt eines Interesses an gemeinnütziger Arbeit entwickelten sich bei uns ganz andere Interessen, die in dem Lehrbuch nicht vorgesehen waren. Es entwickelte sich ein großes Interesse für kapitalistische Rockmusik. Oleg mochte Pink Floyd, ich bevorzugte die Rolling Stones und Deep Purple. Die Songs dieser Bands waren die ersten Texte auf Englisch, die uns dazu brachten, diese Sprache zu lernen, um zu verstehen, wovon die Jungs vom anderen Ende des Planeten sangen. Zu kollektiven gemeinnützigen Arbeitseinsätzen verspürten wir keine Lust. Allein schon das Hören von Deep Purple war eine klare Absage an jede politische Information und alle kollektiven nützlichen Aktivitäten. Der Name dieser Band wurde als lebendige und weit verbreitete Redewendung in der russischen Sprache verankert. Bis heute sagen die Russen, wenn sie keine Lust mehr haben und ihre absolute Gleichgültigkeit und Ablehnung ausdrücken wollen: »Es ist mir zutiefst violett.« Die Musik, die wir mochten, hatte, wie alles Westliche, offiziell in unserer Gesellschaft nichts zu suchen. Es gab keine Möglichkeit, diese Musik legal am helllichten Tage zu hören. Unserer Leidenschaft folgend versteckten wir uns mit meinem Kassettenrekorder »Romantiker 306« im Park hinter der Schule, oder wir saßen im Keller des Clubs Medik. Wir kamen da rein, weil der Keller eine kaputte Tür hatte, die nicht zuzusperren war.

Stets suchten wir nach dunklen Ecken in unserer hellen Welt. In diesen Ecken konnten wir vom Staat, von der Schule, von den Müttern und vom Lehrbuch für sowjetische Kinderentwicklung Urlaub nehmen. Tagsüber suchten wir die Dunkelheit der Nacht. Als beinahe perfekter Ort dafür erwies sich das Planetarium im Haus der Sowjetischen Armee am Suworowplatz 2. »Große und kleine Himmelskörper des Sonnensystems«, »Die Erforschung des Mondes«, »Der Einfluss der Mythologie auf die Entstehung der Sternbilder« – die Programme, die dort liefen, hatten vielversprechende Titel. Die Kinder des Sozialismus sollten sich gut im Sternenhimmel auskennen, denn immerhin hatte unser Staat mehr im Weltall als auf der Erde vor. Die Weltraumforschung stand ganz oben auf der Tagesordnung. Ich glaube, die sowjetischen Machthaber haben sich weit mehr um den Kosmos gekümmert als um irdische Angelegenheiten.

Das Planetarium war schön und groß, angenehm kühl im Sommer, beheizt im Winter, und das Jahresabo kostete weniger als die Jahreskarte für die Straßenbahn. Der Himmel war immer schwarz, die Sterne und Planeten leuchteten klar, und in der Besucherkantine gab es tschechisches Flaschenbier in wunderbar ausländisch aussehenden dunklen Flaschen mit einem engen Hals. Man muss dazu sagen, die Verkäufer in der Sowjetunion waren nicht so krümelkackerisch wie viele Getränkeverkäufer des Westens, die sogar dann nach einem Ausweis verlangen, wenn die Kids ein Milchgetränk bei ihnen bestellen. In meiner spätsozialistischen Heimat nahmen es die Tresenkräfte mit der Volljährigkeit nicht besonders genau. Offiziell durften wir ab dem achtzehnten Lebensjahr Bier trinken, aber mit einem Lächeln und guten Beziehungen zum Tresen konnte man schon früher damit anfangen. Mein Freund Oleg und ich versteckten uns oft in der künstlichen planetarischen Nacht, wenn wir von dem hellen Alltag die Nase voll hatten. Dabei fühlten wir uns wie zwei Bierkosmonauten im All. Bald kannten wir uns im Programm »Der rasende Weltraum: Sterne – ihre Geburt, ihr Leben und Sterben« besser aus als in der Realität. Der Sternenhimmel des Planetariums wurde unser eigentliches Zuhause, der einzige Ort, an dem wir uns frei fühlten, unabhängig und unsichtbar. Wir konnten uns im Sternbild des Bauern und des Arbeiters gleich gut verstecken, weder Eltern noch Polizei konnten uns dort finden.

Es gab noch andere Vorteile unter diesem Himmel, dort in unserem Lieblingsplanetarium: Im Programm über den rasenden Weltraum wurde Pink Floyd gespielt: »Shine on You Crazy Diamond«. Das war die geilste Vorstellung, die man unter dem Himmel der Sowjetunion überhaupt haben konnte. Doch auch dieses Fest war nicht von Dauer. Anfang der Achtziger beschlossen Pink Floyd auf einmal politisch zu werden. Sie sangen »Brezhnev took Afghanistan, Reagan took Beirut« und wurden prompt in der Sowjetunion verboten, ja sogar aus dem Planetarium verbannt. Ab sofort wurde der rasende Weltraum nur noch mit der optimistischen kosmischen Musik der russischen Popband Zodiak und ganz ohne Text begleitet.

Mich hat es nicht so verletzt, mir war es als eigentlichem Deep-Purple-Fan zutiefst violett. Meinen Freund Oleg hat diese Erfahrung jedoch zu einem anderen Menschen gemacht. Er hörte auf, ins Planetarium zu gehen, und widmete sein Leben dem Sammeln von Gilmour und Waters Platten. Er stritt mit seiner Mutter, wollte nach der Schule nicht mehr am Elektrotechnischen Institut studieren, jobbte in einer Bäckerei, entwickelte starke Neigungen zu esoterischer Literatur, interessierte sich für Zen-Buddhismus, wurde vom Staat sofort in die Armee gesteckt, landete mit der letzten Unglücksstaffel in Afghanistan und kehrte nicht nach Hause zurück. Ach, mein lieber Onkel, wenn ich heute zurückblicke, wird mir allmählich klar, Pink Floyd ist an allem schuld.

Zu Hause schob ich den Koffer des Onkels ins Gästezimmer und kochte für uns erst einmal einen Tee. Mein Onkel, obwohl hundemüde, wollte nicht schlafen. Stattdessen schaute er sich die Fotos der Verwandtschaft an, die bei mir in der Küche und im Zimmer an den Wänden hängen und auf den Bücherregalen ausgestellt sind. Er erkannte seinen längst verstorbenen Bruder, meinen Großvater, seine Frau oder meine Oma sofort und wunderte sich, wie viele dieser alten Fotos ich habe. Ich wollte angeben und zeigte ihm noch andere Familienreliquien aus meinem Besitz. Meine Wohnung ist voll von Erinnerungsstücken an die verstorbene Verwandtschaft. Dazu gehören neben ihren Kriegsmedaillen und Auszeichnungen für ihren Einsatz beim Aufbau des Sozialismus der Stock meines Großvaters, den er sich laut Familienlegende selbst geschnitzt hat, und sein zersprungenes Teeglas. In seinen späten Jahren konnte er stundenlang mit diesem Teeglas in Omas Küche sitzen und Witze erzählen, bei denen nie ganz klar war, wo der Lacher steckte. Sie waren lang, mein Opa verlor stets die Pointe aus den Augen und schweifte weiträumig vom Thema ab.

»In drei Tagen kommt die Flut, in drei Tagen! Also, sagt der Pope, lasst uns noch schnell den ganzen Wodka austrinken, den wir vorrätig haben…«, so erzählte der Großvater.

Die kaputte Kuckucksuhr meiner Großmutter habe ich auch geerbt. Als Kind durfte ich sie nicht einmal anfassen. Man musste an einer langen Kette hängende Gewichte hochziehen, um diese Uhr zum Ticken zu bringen, und wenn man zu doll an der Kette zog, kam der Kuckuck persönlich aus dem Türchen, allerdings zur falschen Zeit und mit einem unzufriedenen Gesichtsausdruck. Ich liebte diese Uhr über alles. Ich konnte stundenlang vor ihr sitzen in der Erwartung, dass die Gewichte tief genug hingen und ich an der Kuckuckskette ziehen durfte. Meine Großmutter mochte es jedoch nicht, wenn der Kuckuck zur falschen Zeit laut wurde. Sie dachte vielleicht, ihr würde auf diese Art Lebenszeit gestohlen, und verbat sich das Ziehen an der Kette. Die Zeit ist aber auch ohne Vogel schnell verstrichen, meine Oma ist längst tot, und die Uhr habe ich nun in meinem vollen Besitz. Jetzt kann ich, wann immer ich möchte, an der Kette ziehen. Aber ich möchte nicht mehr.

Zu den Erinnerungsstücken gehört ferner ein silbernes Kreuz, das mein Vater einmal bei einem Zigeuner auf der Straße gegen eine Kiste Bier getauscht hatte. Und die Lieblingsvase meiner anderen Oma, die sie durch den Krieg, die Evakuierung und zahlreiche spätere Umzüge begleitet hat.

»In drei Tagen kommt die Flut. Also, sagt der Imam zu seiner Gemeinde, lass uns endlich einen Schweinebraten zubereiten«, erzählte mein Opa seinen endlosen Witz weiter.

Von meiner Mutter habe ich eine gestrickte Decke, von meinem Vater mehrmals eigenhändig reparierte Hosenträger und seine Seemannsmütze, die noch die etwas quadratische Form seines Kopfes behalten hat. Früher war mir die Bedeutung dieser Gegenstände rätselhaft. Was kann mir die kaputte Uhr kuckucken, was ich nicht ohnehin wüsste? Was bringt eine arbeitstätige Frau dazu, monatelang an einer roten Decke zu stricken? Und wozu zum Teufel braucht jemand eine Seemannsmütze, wenn er nie Seemann war? Heute ist mir klar, dass diese Gegenstände nicht für den Moment, sondern für die Ewigkeit geschaffen wurden. Ihr wahrer Zweck ist der des Erinnerns. Denn eigentlich ist unser Planet ein Museum. Die Besucher kommen und gehen, die Exponate bleiben.

»Und der Rebbe sagte: Brüder und Schwestern! Wir haben nur noch drei Tage, um zu lernen, wie man unter Wasser lebt.«

Ich glaube, nach der Flut wird es von unserer Zeit wenig Exponate geben. Der heutige Mensch hinterlässt kaum Spuren. Seine Kunst ist eine Aktionskunst, sie lebt vom Augenblick. Seine Fotos gehen millionenfach im Internet unter, er hat fürs Handwerk keine Zeit, seine Kleidung ist praktisch und einheitlich, die meisten seiner persönlichen Gegenstände sind aus Plastik und bewahren keine Erinnerung an ihren Besitzer. Er bevorzugt Einweggeschirr. Die Orte, an denen er sich aufhält, werden regelmäßig desinfiziert, und sogar sein Müll wird sauber getrennt und weiterverwendet.

Wenn die ganze alltägliche Fummelei vorübergeht, wird nicht viel für die Ewigkeit bleiben. Eine kaputte Uhr, eine Tasse mit Sprung und ein nicht zu Ende erzählter Witz, dessen Lacher in den Wellen der Zeit verloren gegangen sind.

Wladimir Kaminer

wurde 1967 in Moskau geboren und lebt seit 1990 in Berlin. Er veröffentlicht regelmäßig Texte in verschiedenen Zeitungen und Zeitschriften und organisiert Veranstaltungen wie seine mittlerweile international berühmte »Russendisko«. Mit der gleichnamigen Erzählsammlung sowie zahlreichen weiteren Büchern avancierte er zu einem der beliebtesten und gefragtesten Autoren Deutschlands. Alle Bücher von Wladimir Kaminer gibt es von ihm selbst gelesen auch als Hörbuch. Mehr Informationen zum Autor unter www.wladimir-kaminer.de.

GOLDMANN
Lesen erleben